貞操逆転世界で
真面目な成り上がりを目指して
男騎士
になった僕がヤリモク女たちに身体を狙われまくる話
1
「ずいぶんと酷い対応じゃあないかね？
ええ、アル君？」
長年の友人に対するもののような馴れ馴れしい態度で、
宰相は僕の肩に腕を回してきた。
豊満な胸が背中に押し付けられ、甘美な感触をもたらす。
そのまま彼女は流れるような動きで僕の尻を撫でまわした。

『ええ、まあ、大したものではございませぬがのぉ』
ニッコリと笑って応じたダライヤ氏は、ビスケットを
一つ手に取って口に運ぶ。
「ソニア、これはもしや……」
そんな懸念と同時に、ダライヤ氏の狙いも見えてきた。
ちらりと副官の方をうかがうと、彼女は深刻な表情で
頷き耳元に口を

貞操逆転世界で真面目な成り上がりを目指して男騎士になった僕がヤリモク女たちに身体を狙われまくる話 1

寒天ゼリヰ

illust by 田中松太郎

CONTENTS

序章　転生

「くっ、殺せ」

そう呟《つぶや》いてから、僕はくぐもった笑い声を漏らした。まるでエロゲの女騎士のセリフだが、実際殺してもらった方がマシなのだから仕方ない。

倒れ伏したまま自分の腹に手を当ててると、大穴が開いていた。おそらく内臓もぐちゃぐちゃになっている。どこからどう見ても致命傷、どうあがいても死だ。一応防弾ベストも着込んでたんだが、至近距離から突撃銃の連射を喰《く》らっちまったからな。無駄に重いセラミック・プレートも形なしだった。

「まだ生きているぞ！」

「手当てを急げ、死なせるな！」

そんなことを叫びながら、こちらに近づいてくる連中がいる。普段着の上からタクティカル・ベストを着用し雑多な火器で武装した、民兵ともテロリストともつかぬ胡乱《うろん》な男たちだ。

「だから殺せって言ってるだろ、ボケが」

へらへらと笑いながらホルスターからリボルバー拳銃を抜き、男たちを撃ち殺す。僕が瀕死の状態だというので油断していた民兵どもは、反撃もできず一方的に銃弾の餌食となった。

奴《やつ》らは別に、善意から僕を助けようとしたわけじゃあない。敵兵はできるだけ生け捕りにして、人質に使ったり見せしめにしたりするのが奴らのやり口なのだ。

人質にされて国や仲間に迷惑をかけるなど論外だし、見せしめとして死ぬより辛《つら》い拷問にかけられるのも勘弁願いたい。そんなことになるくらいなら、ここで死んでおいた方がいくぶんマシってもんだろ。

「ザマァないな」

弾切れになったリボルバーを投げ捨て、天を仰ぐ。雲一つない青空、神々しいまでの輝きを放つ太陽。死ぬにはいい日和《ひより》だった。

しかし、失血のせいかどうにも寒い。走馬灯とでもいうのだろうか、頭の中にはとめどなくこれまでの人生の記憶が溢《あふ》れ出していた。

僕はとんでもない阿呆《あほう》だ。平和な日本に生まれ、そのくせ刺激が足らぬと海外に渡って軍人となり、あげくこうして派兵先の異国で戦死しかけている。馬鹿が因果応報で死にそうになってるんだ、同情のしようがない。

まあ、いいさ。他人からは愚者の極みにしか見えない人生だろうが、個人的には満足だ。死に方も悪くない。撤退する味方を援護するため困難な遅滞作戦を実行し、見事に成功させた。戦友のためなら命なんて惜しくない。そう言ってこの作戦に志願した命知らずどもと一緒に、散々に暴れ回ってやった。まったくもって痛快だね。

お陰で我が部隊は壊滅状態だが、戦友たちはみな笑顔で逝った。僕も、じき彼らと同じ道をたどるだろう。なんとも素晴らしい終わり方じゃないか。少なくとも、後悔はないんだから。

……ああ、後悔なんてない。日本に置いてきた両親や兄弟たちよりも先に死んでしまうというのに、僕の心には一片の悔いもないんだ。我ながら、死んで当然のカス野郎だ。少しくらい申し訳ないとか思ったらどうなんだ、人でなしめ。畜生、笑えてくるぜ。

「おいおい……」

派手なエンジン音が僕の意識を現実に戻した。見れば、不格好な装甲板が溶接された改造トラックが、猛烈な勢いでこちらに迫っている。どうやら、敵さんはアレで僕を轢殺《れきさつ》する腹づもりらしい。

「くたばりぞこないの兵隊一人に、大仰なことだ……」

もうもうとした砂塵《さじん》を巻き上げつつ、改造トラックはこちらに向けてグングンと加速している。立ち上がることすらできない今の僕に、それが回避できるはずもない。震える手でポーチからタバコを取り出し、口にくわえた。ライターを探すが、見つからない。どこかへ落としてしまったのだろうか？

「はは、締まらないなぁ」

それが最期の言葉だった。凄《すさ》まじい衝撃とともに僕の意識は暗転し、そして……

「くっ、殺せ！」

その言葉を吐いたとたんに、僕の脳裏にかつての記憶がよみがえる。思わず笑いそうになって、なんとか耐《た》える。かつての自分の醜態は確かに愉快だが、今はそれどころではないのだ。

「へっへっへ、安心しな。殺したりなんかするもんか」

下卑た笑みとともにそう返したのは、奇妙な風体の女だった。身長は僕よりも頭ふたつぶんほど高く、小太りしたゴツい体つきをしている。服装は原始人めいた粗末なもので、片乳がまろび出ていた。

いや、それはいい。良くないが、ひとまずはいい。問題は、彼女の肌が緑色という点だった。おまけに、口元には太く鋭い牙が覗《のぞ》いている。常人とは思えぬ容姿だ。

「あたしらオークは男には優しいのよ。なあ、手前《てめえ》ら？」

「もちろんでさぁ！　女は皆殺し！　男は生け捕り！　これぞオークの生き様ってもんですよ」

「里に囲い込んで、死ぬまで面倒見てやりますとも。へへへ、死ぬまでに何人のガキの父親になるでしょうなぁ」

大女の後ろに控えた子分たちが同調した。彼女らも、先ほどの女と似たような容姿をしている。僕は今、緑色のマッチョ女たちに囲まれているのだった。

こいつらの名は、オーク。そう、ファンタジー系のエロゲでお馴染《なじ》みのあのオークだ。あの戦いで戦死した僕は、ファンタジー風味な異世界で第二の生を得ていた。いわゆる転生というやつだ。

「わかったら、さっさとその物騒なモノを捨てるんだな。でなきゃ、へへ……この哀れな小娘の命はないと思え」

オーク女は、小脇に抱えた少女の首筋にナイフを当てた。頭にネコミミを生やした、なんと

も愛らしい容姿の娘である。哀れな彼女は、顔を真っ青にしながらあわあわと言葉にならない声を漏らしている。

「くっ……」

人質を取られている以上、下手《へた》なことはできない。僕は持っていたサーベルを投げ捨てた。

「オット！　あんたが結構な使い手というのは知ってるんだ。剣だけじゃあ不足だよな。とりあえず全裸になりな。話はそれからだ」

「全裸！」

親分の言葉に舎弟どもが目を輝かせた。エロゲのテンプレと同じく、この世界のオークも尋常ならざる性欲の持ち主ばかりだった。ただし、エロゲ世界と違ってこちらのオークには女しかいない。当然、彼女らが狼藉《ろうぜき》を働く相手は男ばかりだ。

ついでに言えば、この世界における男の敵はオークだけではない。ゴブリンなんかも女ばかりだし、もちろん普通の兵士も女ばかり。男だてらに剣を振るうような人間は、僕の知る限り自分だけだ。

……そう、ここはいわゆる貞操逆転世界。女が男の尻を追いかけ回す奇妙奇天烈な場所なのだった。

そんな世界で男騎士なぞやっている僕は、ならず者どもからすれば垂涎《すいぜん》のボーナスキャラだ。当然、オークどもはこちらにギラギラとした眼光を向けている。

「ほら、早くしろよ。あたしは気が短いんだよ」

オークに促され、不承不承に脱衣を始める。鉄板製のプレートメイルが、今の僕のいくさ装束だ。野戦服にプレートキャリア、それにアサルトライフルという格好だった前世と比べると、悪い意味で隔世の感がある。

「鎧《よろい》だけじゃ足りねえぞ！」

「全裸になるんだよ全裸！」

前世の僕はなかなかのキモオタで、女騎士もののエロゲもよくプレイしていたものだ。しかしまさか、自分がこのようなヤジを飛ばされる立場になるとは思ってもみなかった。変に前世の常識が残っているせいで、なんだか滑稽な気分になるが、この世界の普通の男ならば自害ものの屈辱であろう。

「あんまりチンタラしてると、このガキの指を一本ずつへし折っていくぞ」

親分の言葉に、僕は渋々従った。すね当てを外し、ズボンを下ろすとパンツが露《あら》わになった。

ソレを見て、オークどもは一斉に歓声を上げる。

「へっ、見ろよあの飾り気のない下着を」

「男なんて捨てましたってかあ？　ギャハハハ、これから自分が男であることをしっかり教育してやるから安心しろよ！」

本当にエロゲみたいなシチュエーションだよな。本当、参っちまうよ。ちらりと彼女らを窺《うかが》えば、オークはもちろん人質のネコミミ少女までもが僕の下着に釘《くぎ》付けになっている。

そうかそうか、男騎士のパンツは人質にされた恐怖すら一瞬忘れるほどの代物か。ハハハ、ウケる……。

「おいおい。テメーまでなんで見てるんだよ！」

下卑た笑みを浮かべつつ、オークが少女を小突いた。小さな悲鳴が上がる。

「やめろ、その子には手を出すな」

「はっ、お優しいことで」

オーク親分は肩をすくめ、粘着質な目つきで僕の体を眺め回す。そして腰を卑猥《ひわい》にグラインドさせた。

「そのすまし顔も、いつまで続くかな？　じきにヒィヒィ言わせてやるからよ」

「姉貴の締め付けは尋常じゃねえぞ？　只人《ただひと》やら並みの獣人やらじゃ満足できない体になっちまうかもな」

子分の補足説明に、なんとも言えない気分になる。どうやら、男女逆転してもやはりオークは性的強者らしい。エロゲよろしく、僕も最終的にアへ顔ダブルピースとかさせられてしまうのだろうか？

自分のアへ顔なんぞ想像したくもないが、正直なところその過程には興味がそそられる。前世の記憶のせいだろう、僕はこの世界における〝貞淑な紳士〟とはほど遠い性欲の持ち主だった。当然、女体にも普通に興奮してしまう。

しかし、それを表に出せば僕は間違いなく淫乱呼ばわりされてしまうだろう。努めて気丈な表情をつくり、オークを睨《にら》み付ける。

「へへ、いい目つきじゃないか。だが、いつまでそんな強気でいられるかね？　ほら、さっさと服を全部脱ぐんだよ脱ぐんだよ。もったいぶるんじゃねえ」

「くっ……」

とはいえさすがにこんなところで犯されるのは御免なのだが、人質を取られている以上こちらに拒否権はない。それこそエロゲの女騎士みたいなセリフを吐きつつ、僕はパンツに手を添え……。

「グワーッ」

乾いた銃声とともに、人質を取っていたオークの頭が弾《はじ》ける。それと同時に、「突撃ー！」という掛け声が響き渡った。剣やマスケット小銃で完全武装した一〇人以上の騎士たちが、こちらに殺到してくる。別行動をしていた僕の部下たちだ。

一斉射撃からの突撃。お手本のような奇襲を受けたオークどもは、たちまち壊乱し次々と討ち取られていった。どうやら、僕の貞操は守られたようだ……。

第一章　左遷

「大儀であったな、アルベール・ブロンダン」

玉座に収まった老女が、僕を見ながら言った。アルベールというのは、もちろん僕の名前だ。前世はなかなかひどい名前だったので、今の洒落《しやれ》た名前はなかなか気に入っている。

中央大陸西部の大国、ガレア王国。その王宮にある謁見の間で、僕は恭しく頭《こうべ》を垂れている。広大な大理石造りのその部屋はむやみなまでに荘厳だ。調度品の装飾は威圧的なほどに絢爛《けんらん》で、壁には合戦の様子を図案化したタペストリーがいくつも飾られている。この国を統治する一族、ヴァロワ家の勝利と栄光の歴史を顕示する品々だ。

広間の中央にはレッドカーペットが敷かれ、その左右には文武百官が並んでいる。そのさらに後ろには専属の楽隊が控えており、耳触りの良い音楽を奏でていた。

「はっ、有り難き幸せ」

膝をついて臣下の礼を取りつつ、恭しい口調でそう応える。この老女こそ、我が主君。ヴァロワ王朝第一五代女王パスカル・ドゥ・ヴァロワその人である。

しかし、今はその偉い人のことよりも、周囲からの視線の方が気になっていた。痛いくらいの非友好的な視線が、ビシビシと全身に突き刺さっているのだ。

何しろ周囲に控えた官僚や貴族は女ばかり。おまけにその大半が爬《は》虫類《ちゆうるい》のような尻尾と瞳孔を持つファンタジックな人種、竜人であった。前世の地球人類に相当する種族、只人の姿はほとんど見られない。

それだけでも萎縮するには十分だが、おまけに半数以上が侮蔑や嘲笑の表情を浮かべているのだからたまったもんじゃない。額から垂れてきた冷や汗が目に入り、ひどく痛んだ。

「これでローザス市近辺のオークは完全に駆逐されたと聞いている。わずかな手勢でよくも成し遂げられたものだ」

そんなこちらの心境を知ってか知らずか、女王は曖昧な笑みを浮かべつつそんなことを言う。

実際、今回の任務はたいへんに厳しいものであった。情報不足が原因で、わずか騎兵一個小隊二〇余名で一〇〇名を超えるオークの大軍を相手取る羽目になったのだ。

オーク側に予想外の増援を受けた我が小隊は大苦戦し、分断の憂き目に遭った。戦死者が出なかったのははっきり言って奇跡であり、いくら褒められても足りないというのが正直なところだ。

「此度《こたび》の働きのみならず、卿《けい》の活躍と忠誠は並々ならぬものがある。それなりの褒章をもって報いる必要があろう」

その言葉に、周囲の貴族たちが目を見合わせた。とうとう来たか、と言わんばかりの表情だ。王に取り入る奸臣《かんしん》が、という言葉も微《かす》かに聞こえてくる。

確かに僕は血筋はよろしくないし、おまけに若い。さらに言えば男だ。そんな人間が小規模とはいえ独立部隊を率い、次々と手柄を上げている。出る杭《くい》は打たれるというのは前世でも現世でも変わらぬ原則だ。当然、僕に向けられる周囲の目は非常に厳しかった。

「女爵《じょしゃく》に叙した上、開拓区の代官に任じようと思っているが、どうか？」

「もちろん、異論はございません。有り難き幸せに存じます」

女爵というのは、前の世界で言うところの男爵に当たる位階だ。下っ端と言えば下っ端なのだが、今の僕は単なるヒラの法衣騎士。平民ではないものの、貴族でございと威張るのは憚《はばか》られるような微妙な立場でしかない。

対して、女爵は（一応は）れっきとした貴族位だ。叙爵はブロンダン家においては母の代からの念願であったから、この報償はまったくもって有り難いものであった。

まあ、僕個人としてはこれで満足する気はないがね。前世は結局少佐になった直後に戦死してしまった。現世ではぜひとも将軍まで行きたいところだ。

「陛下！」

しかし当然、それが気に入らない者もいる。豪奢《ごうしゃ》な軍礼服をまとった貴族が激しい口調で叫んだ。国王陛下とほぼ同年代に見える彼女の名は、オレアン公爵アンナ・ドゥ・オレアン。王家との血縁関係もある、ガレア宮廷における重鎮中の重鎮だ。

「只人の、それも男を叙爵するなど、前代未聞ですぞ！　わたくしはそのようなことを認めるわけにはまいりませぬ！」

この老公爵は絵に描いたような保守主義者で、僕のような成り上がり者を嫌悪している。当然、今回の采配にはたいへんな不満があるようだ。

そして、このオレアン公の派閥はガレア王宮においてはかなりの勢力を誇っている。公爵に同調するように、あちこちから「そうだそうだ！」という声が上がった。

「しかし、ブロンダン卿《きょう》が実績を上げているのは事実」

しかし僕もまったくの孤立無援というわけではなく、助け船を出してくれる人もいた。艶やかな黒髪と涼やかな碧眼《へきがん》を持った妙齢の美女だ。その容姿は地球人類とほとんど相違なく、この場における多数派・竜人とは明らかに異なる人種であった。彼女は僕と同じく只人族なのである。

この黒髪美女こそ、僕の最大の後援者。名をアデライド・カスタニエという。ヴァロワ宮廷の宰相でもある彼女の援助がなければ、僕のような木っ端騎士などとうの昔に叩《たた》き潰されていたことだろう。

「これに報いねば、我が国のコケンに関わるというもの。ガレア王国は有能な騎士に冷や飯を食わせる愚か者だと、神聖帝国の連中に笑われてしまいますぞ？」

そう言ってアデライドはこちらに視線を向けた。その目つきは、あのオーク連中と比較しても勝るとも劣らないほど好色だ。自然と、背中にぞくりと冷たいものが走る。

「ふん、好色猿《こうしょくざる》が何を言うかと思えば。それこそ、男なぞを神輿《みこし》に祭り上げていると思われる方がよほど恥だろうに」

はっきりとした侮蔑の表情を浮かべつつ、オレアン公爵は吐き捨てた。彼女は保守派の首領であり、アデライドは革新派の領袖《りょうしゅう》であった。当然、両者は犬猿の仲だ。

「男が握るべき道具は縫い針や楽器であって、剣槍《けんそう》ではない。自然の摂理には逆らわぬことだ」

オレアン公の言い草はひどいものであったが、少なくない数の貴族たちが同調して頷《うなず》いていた。こういう考え方はこの世界ではごく一般的なものなのだ。

「錆《さ》びついた価値観を経典のように後生大事に抱え込んでいる連中の言いそうなことですな。愚者の嘲笑など、気にする必要がどこにあるのかわかりませぬ」

「只人が只人をかばうか、いじましい同族愛だな。しかし貴様らはいくさに向かぬ種族だ。欲を掻《か》いて出しゃばると痛い目を見るぞ」

「よさぬか」

険悪な空気の中、女王が重苦しい声で二人を窘《たしな》めた。彼女は典型的な調整型の統治者だ。宮廷内の対立にはずいぶんと胃を痛めていることだろう。

「とにかく、事実としてブロンダン卿は赫々《かっかく》たる実績を上げているのだ。信賞必罰を徹底せねば、貴族の統制が乱れてしまう。オレアン公がなんと言おうが、余はこの判断を翻すつもりはない」

「信賞必罰。なるほど、それは確かに重要ですな」

老公爵は口を一文字に結びながら肩をすくめた。いかにも不満げな態度だ。

「オレアン公閣下……」

そんな彼女に、司教服を着た女が何事かを耳打ちした。名前は知らないが、その顔には見覚えがある。公爵の腰巾着の一人だ。

「……なるほど、それは良い考えだ」

ニヤリと笑い、重鎮貴族はごほんと咳《せき》払いをする。

「陛下、リースベンという地域をご存じでしょうか？」

「……あのリースベンか？　入植から三〇年も経《た》って、まだマトモな成果も上がらぬ開拓民の墓場」

国王陛下の顔が引きつる。なんだ、開拓民の墓場って。そもそも、リースベンという土地自体に聞き覚えがない。一応、僕の頭には王国全土の地図が入っているのだが。

「その通りでございます。ブロンダン卿の任地には、そのリースベンを推薦いたしましょう。いかがですかな？」

「……」

「陛下、いけません！」

煮え切らない国王陛下のかわりに声を上げたのは、もちろん宰相アデライドだ。彼女は嫌悪感を隠しもしない様子で老公爵を睨みける。

「あのような遠方の蛮地にブロンダン卿を送るなど……それでは、報償どころか流刑ではありませんかっ！」

流刑、流刑ときたか。こりゃ、よほど遠方の僻地《へきち》だな。わあ、左遷じゃん。勘弁してくれよ。そう思いながら宰相の方をじっと見つめる。宮廷において、ヒラの法衣騎士の発言権などないに等しいからな。ここは彼女に頑張ってもらうほかない。

「遠方なのは仕方がなかろう。王都近郊に空きのある任地などあるものか」

……だが、宰相派閥と公爵派閥を比べれば、より勢力が大きいのは後者の方だ。何しろ相手は伝統ある大貴族の集まり、成り上がり者どもの寄り合い所帯ではいささか旗色が悪いのである。

結局、オレアン公はその権勢にものを言わせて僕の任地を確定させてしまった。もちろんその後で叙爵もされたが、事実上の島流しがセットでは喜ぶに喜べない。なんとも嫌な雰囲気のまま、話ばかりがどんどん進んでいった。

◇◇◇

叙爵、叙勲、その他もろもろの儀式が終わったのは、それから数時間後のことであった。謁見の間から出た僕は、周囲に勘付かれないよう気を付けながら密かにため息をつく。

しかし、いやはや……参ったね。思った以上に、僕はあのオレアン公から嫌われているらしい。まさか、手柄を上げたのに流刑地めいたド辺境に左遷されるとはな。さすがに予想外だ。

むろん、軍人としての栄達を望む気持ちは僕も持っている。自分で言うのもなんだが、前世の僕は完全に出世コースに乗っていた。士官学校を首席で卒業し、最短で少佐まで昇進した。まあ、結局少佐としての初任務で戦死してしまったのだが。

しかし、過ぎてしまったことをアレコレ言っても仕方がない。そもそも、生存の見込みが薄い作戦であることを承知で志願したのは僕自身だしな。だがそれでも、せっかく二度目の生を得たのだから前世と同じ道の続きを歩みたい。目指すは一軍の司令官だ。

「おや、おやおやおや」

野望と現実のギャップに懊悩《おうのう》していた僕に、そんな声がかけられる。見れば、そこにいたのは艶やかな黒髪と蒼玉《そうぎょく》めいた瞳が艶やかな只人の美女。そう、僕の属する派閥のボス、ガレア王国宰相アデライド・カスタニエだ。

「んげ」

素晴らしい美女と遭遇したにもかかわらず、僕の喉から飛び出したのはカエルが潰された時のような声であった。無礼極まりない態度だが、宰相アデライドはまったく気にせず顔を好色に歪《ゆが》める。そして、ニヤニヤ笑いを浮かべながら大股で近寄ってきた。

「ずいぶんとひどい対応じゃあないかね？　ええ、アル君？」

長年の友人に対するもののような馴れ馴れしい態度で、宰相は僕の肩に腕を回してきた。豊満な胸が背中に押し付けられ、甘美な感触をもたらす。そのまま彼女は流れるような動きで僕の尻を撫《な》で回した。言い訳のしようのないセクハラムーブである。

宰相の熱い吐息が耳にかかり、背中にゾワゾワとした感覚が走る。尻を撫で続ける手つきはひどくイヤらしい。何しろ相手はとんでもない美人なので、興奮するなという方が無理だろう。なんといっても僕は前世でも女性経験は皆無だから、耐性などあるはずもなく……。

「宰相閣下……ご勘弁を！」

が、このまま流されれば待っているのは身の破滅だ。断腸の思いで、宰相のセクハラをガードした。

この世界の貞操観念は、前世とは男女が逆転している。しかも、現代視点で見るとかなり古くさい価値観がまかり通っていた。女が男にセクハラをしてもなあなあで流されるというのに、男側がそれに乗ると淫乱扱いされてしまう。

僕は未婚だ。もちろん、婚約者もいない。そういう立場にある貴族令息に、淫乱だという風評が付けばどうなるか……そりゃもう、破滅しかないだろ。ただでさえブロンダン家は歴史の浅い家なんだ、悪い評判がつけばリカバリーは利かない。

「また君は閣下などと……気軽にアデライドと呼べと言っているじゃないか、ねえ？」

粘着質な笑みとともに、宰相ことアデライド・カスタニエは僕の頬を指先でなぞるようにして撫でた。もうこの人ルート《ゴール》に入っ《し》て《て》いいんじゃないかという気分になってくるが、何しろ相手はお偉いさんで、僕は貴族と名乗るのすらおこがましいレベルの下っ端だ。向こうは完全に遊びのつもりでコナをかけているに違いない。

僕は童貞だ。しかも前世でも現世でも恋愛とはまったく縁のない、筋金入りの童貞である。正直、人肌恋しい時もある。けれどもだからこそ、遊びと割り切った関係を結ぶことには抵抗がある。宰相の要望に応えることはできなかった。

「あ、アデライド……とにかく、みんな見ています。どうか許してください」

ポイ捨てされるのもビッチ扱いされるのも勘弁願いたいので、なんとか宰相の体を引き離そうと抵抗してみる。もちろん相手は偉い人なので力ずくとはいかないが、幸いにも宰相はあっさり（しかし名残惜《なごり》しそうな表情で）僕から体を離した。

「まったく、相変わらず身持ちが固いねえ？　私と君の仲じゃないか、少しくらいサービスをしてもいいと思うんだがねぇ」

どういう仲かと言えば、債権者と債務者である。僕は彼女に多額の借金をしているのだ。大半は、僕の部隊の装備を整えるために使った。

このガレア王国は封建制の国だ。装備は自弁するのが基本で、主君が面倒を見てくれるようなことはまずない。だが、僕の家は領地も持たぬ法衣騎士の一族であり、自分自身はさておいても部下たちのぶんの装備を用意するのは不可能だった。

そこで資金提供をしてくれたのがアデライド宰相というわけだ。彼女はガレア最大の商会を経営する一族の当主であり、カネならば唸《うな》るほど持っている。

「いえ、その……しかし……」

そういうわけで、僕は彼女には頭が上がらない。いや、正直に言えば、彼女のような美人からセクハラされるのはむしろだいぶ興奮する。だが、この世界の貴族の男としては、貞淑アピールをしないわけにはいかない。ひどいジレンマだ。いい加減自分に正直になりたい。

しかし、それは僕の立場が許さない。何しろ僕はブロンダン家の一人息子で、ほかに兄弟姉妹はいないのだ。淫乱などという風評がついて結婚できなくなれば、ブロンダン家はそのまま断絶してしまう。宰相の愛人に収まれば破滅ルート一直線だ。

「ふん……まあ今日のところは許してあげよう。ついてきなさい、話がある」

面白くなさそうな顔で肩をすくめ、踵《きびす》を返して歩き始めた。僕はセクハラから解放された安《あん》堵《ど》感と美女からのボディタッチが終わってしまった悲しみを同時に味わいつつ、彼女に続く。債権者が来いと言っているのだ。僕に拒否権などない。

「……」

まったく、厄介なことばかりだ。宰相の背中を眺めながら、内心ボヤく。前世も決して平坦《へいたん》な人生ではなかったが、現世はなおさらキツい。〝男は家庭に入るもの〟という常識が、事あるごとに僕の邪魔をしてくるのだ。

確かに、この世界の男は軍人には向かない。地球人類にもっとも近似した種族である只人ですら、体格や膂力《りょりょく》では女性の方に分があった。僕自身、前世に比べれば遥《はる》かに身体能力が落ちている。

しかし……だからといって、大人しく〝深窓の令息〟に収まる気なんてさらさらなかった。常識？　クソ喰らえ。そのくらいで諦められる程度の夢ならば、一度死んだ時点でとっくに折れてるっての。

宰相の後を追いつつ、ぐっと拳を握りしめる。まだだ、まだ僕は終わっちゃいない。島流しにされたくらいなんだ。前世の僕は死ぬまで戦い続けたんだ。現世だって、同じように力の限りあがいてやる……。

◇◇◇

アデライド宰相に案内された場所は、王城の一角にある談話室だった。決して広くはない部屋だが、調度品はどれもアンティークの最高級品で、壁には荘厳な宗教画までかけられている。しかしそれらの内装はいささか華美にすぎるきらいがあり、部屋の主の成金趣味ぶりを示しているようでもあった。

連れ込まれた先が見覚えのある部屋だったので、僕は密かに安堵の息を吐いた。ここはよく宰相派貴族がたまり場として利用している場所であり、当然宰相閣下の〝お気に入り〟である僕も登城するたびに訪れている。

さすがの宰相も、真っ昼間から寝室へしけ込むような真似《まね》はしないようだな。そんな失礼なことを考えつつ、対面の席に収まった宰相を見やった。

「まあ、とりあえず一息つこうか。きみ、私とアルくんにお茶を持ってきたまえ」

「承知いたしました」

アデライドが注文を入れると、壁際に控えた使用人が落ち着いた声で応じる。まだ少年といって差し支えのない外見の若い男だ。彼らは侍男《じなん》と呼ばれる役職の男性使用人であり、いわばこの世界におけるメイドさんのようなものだった。

その彼はひどく華奢な体格で、背もアデライドより頭半分ほど低かった。これは別に彼が特別小柄なわけではなく、むしろこの国の男性としては標準体型といえるだろう。

それに比べると僕は遥かに背が高く（それでも前世より三〇センチは低いが）、体つきもゴツい。軍人としては結構なことだが、この外見のせいでどうにもモテないのが難点だった。まあ、前世の僕は人間というより熊に近い容姿の持ち主だったから、それよりは遥かにマシではあるんだがね。

ちなみに、僕も侍男《メイド》くんも種族は只人だ。竜人や獣人など、この世界には様々な人型種族《ヒューマノイド》が存在するが、男が生まれるのは只人だけだった。逆に言えば、亜人と呼ばれるその他の種族は女しかいないわけだ。

しかし、その亜人族も女だけでは子を成すことはできない。そこで必要とされるのが只人の男というわけだ。こうした種族的な事情から、〝男は家庭に入るもの〟という価値観が醸成されているのであった。

「さて、本題に入ろうか」

侍男が談話室から出ていくのを見送ってから、アデライドがおもむろに口を開いた。本題というのはもちろん、僕の左遷についてだろう。

宰相はこう見えて部下の面倒見もよい方だから、僕の窮状を見捨てるようなことはしない。セクハラを除けばたいへんに良い上司なのだ。

「知っての通り、きみは王都近郊の小さな街の代官に任じる予定だった。ところが、実際の任地は王都近郊どころか遥か遠方のド田舎《いなか》だ。私の政治力が足りないばかりにこんなことになってしまって、すまないと思っている」

「いけませんよ、アデライド。宰相ともあろうお方が僕などに頭を下げては」

こういう時の宰相は妙に殊勝だ。僕は慌てて彼女を制止する。

「そもそも、公爵さまともあろうお方がいち代官の人事に口を挟むというのが前代未聞なのです。こんな奇襲に対処せよという方が無茶でしょう」

「確かに、まったく予想外の一手だった。まさか、きみを辺境に飛ばしてしまうとはね……」

形の良い顎を撫で、アデライドは物憂げな表情で壁にかけられた絵画へと目を向けた。夜空の星をしるべにして大海をゆく船を描いた宗教画だ。

「横紙破りまでしてアルくんを遠ざけるか。オレアン公め、よほど男の騎士が好かないと見える」

「何しろ旧守派の総大将ですからね。そりゃあ、僕のような男は気に入らんでしょうよ」

男騎士というだけでも目立つというのに、僕はそれ以外にもあれこれ動き回っている。たとえば現代知識をもとに新兵器を作り、それを半ば強引に軍へ採用させてみたりとかな。

……うん、考えてみれば当たり前だわ。宰相閣下の後ろ盾があるからって派手にやりすぎたわ。対抗派閥から見れば、僕はかなり目障りな存在だろう。そりゃあ叩かれて当然だよな。

「さよう。頭の固い婆《ばばあ》にも困ったものだ……」

アデライドはため息をつき、視線を僕の方へと戻す。

「とはいえ、今さら四の五の言っても王命は覆らない。すまないが、きみのリースベン派遣は既定事項だ」

「むろん、承知しております」

左遷は無念だが、それを嘆いても現状は変わらない。こういう時は、過去を顧みず建設的なことに頭を使うべきだ。

「ところで、リースベンとやらはどのような土地なのでしょうか。聞く限り、地上の楽園などではないようですが」

「ああ、ろくでもない土地だよ」

アデライドが頷いたところで、談話室のドアがノックされた。侍男がお茶を持ってきたのだった。宰相が「入れ」と返して彼を迎え入れる。銀のトレイを手にした侍男が入室し、瀟洒《しょうしゃ》な所作で一礼してから湯気の上がるカップをテーブルに並べた。

「きみ、悪いが部屋の外で待機していてくれたまえ。用があればこちらから呼ぶ」

「承知いたしました」

給仕を終えた彼を、アデライドは即座に談話室から追い出した。あまり周囲には聞かせたくない話なのだろう。

「リースベンというのは、このガレア王国の最南端に位置する開拓地だ。王都からの距離は……そうだな、徒歩で一か月といったところか」

「かなりの遠方ですね」

馬に乗ればもっと短縮できるだろうが、やはり徒歩一か月という距離は尋常ではない。気分的には本物の流刑だな、こりゃ。

「地形的には半島で、大南洋に面している。三〇年ほど前、南大陸との交易拠点にするために入植が始まった」

「ほほう、要衝じゃないですか。そんな場所の代官に任じられるなんて、大役だなあ」

「まあ、現実にはそう上手《うま》くいかなかったのだが。我らの開拓団は海岸にすらたどり着けず、内陸に小都市をひとつ築いた時点で力尽きた。……リースベンには先住民がいたんだ。とんでもなく凶暴な蛮族がね」

「やっぱり」

あのオレアン公がマトモな土地を寄越してくるはずもないとは思っていたが……なるほど、蛮族の蔓延《はびこ》る事故物件というわけか。予想通りすぎて笑えてきたな。

「蛮族というと、たとえば先日のオークのような連中でしょうか」

「いや、そんなお行儀の良い連中ではない」

首を左右に振るアデライドの表情は、なんともゲンナリとしたものだ。たぶん、僕も同様の表情を浮かべていることだろう。あの半裸の筋肉レイパーどもと比べてなお、行儀の悪い連中とは一体……。

「エルフだよ、エルフ」

アデライドはため息交じりにそう吐き捨ててから、口元にカップを運んだ。僕もそれを真似してお茶を飲む。

王室御用達《ごようたし》の茶葉で淹《い》れられた香草茶はたいへんに美味だ。微かな甘さを含んだ爽やかな香りとちょうど良い渋みが素晴らしいコントラストを描いている。

……まあ、正直なところ今はお茶より酒を飲みたい気分なのだが。シラフでこんな話聞けるかっての。いや、さすがに飲まないが。

「エルフというと、深き森に住まう隠者然とした種族ですよね。なんでも、只人や竜人などとは比べものにならないほど寿命が長いとかなんとか」

「森を住処《すみか》とする長命種というのは確かだが、隠者ではないな。奴らは時折村落を襲撃し、食料や男を略奪していくのだ」

「わお」

自分の中にあるエルフのイメージがガラガラと音を立てて崩れていくのを感じる。なんだよ、食料や男を略奪していくって……山賊かな？

「その上、連中には首刈りの風習があるらしい。二代前、三代前、そして四代前の代官が連中の手にかかり、街道上で晒《さら》し首にされている」

「マジすか」

「マジだねえ」

「クソ土地～！」

三連チャン晒し首ときたか！　野蛮の度合いが予想以上だ。うーん……リースベンに赴任しても、田舎でのんびりスローライフを楽しむ余裕なんてなさそうだな。

というか、そんな連続で代官が討ち取られるような状況で、よくもまあ開拓地が存続してるな。……いや、むしろエルフ側はわざと街を占領せずに放置しているのかもしれない。しばらく放置して復興を待ち、獲物が再び肥え太ったタイミングで収穫する。持続可能な循環型略奪ってわけだ。いやはや、環境によろしいことで。

「楽しそうだな、きみ」

「いやいや、思った以上にアカン感じなので笑うほかなくなってるだけですよ」

やれやれと肩をすくめ、香草茶を一気に飲み干す。さて、敵は森の種族か。森林や山岳に潜むゲリラがどれだけ恐ろしい連中なのかは、前世の頃からよく知っている。正面からやり合うのは下策だな……。

「しかしどのような土地であれ、行けと命じられたからには行かねばならぬのが軍人ですから。とにもかくにも最善を尽くすまでです」

幸いにも、僕の任務はリースベンの統治であってゲリラの殲滅《せんめつ》ではない。敵の襲撃を予防、あるいは防御するだけで良いのならば、まだやりようはあるはずだ。

ただ、代官に求められる仕事は防衛だけではないという点は懸念材料だな。何しろ僕はずーっと軍人ばかりをやってきた筋金入りの戦争屋だ。行政に関してはまったくの素人で、経験どころか知識すら持っていない。

「とはいえ、やはり手持ちの札だけではいろいろと厳しい部分もあります。申し訳ありませんが、至らぬ点につきましてはアデライドのお力添えをいただきたく……」

アデライド宰相にこれ以上の借りを作るのは怖いが、背に腹は代えられない。何しろ僕は領地も人脈も持たぬ零細貴族だ。ケツモチに頼らねば、代官の仕事をこなすことすらままならない。はぁ、世知辛いねぇ。

「むろん、最初からそのつもりだとも」

ニヤリと笑いつつ、アデライドは身を乗り出した。そしてイヤらしい表情で僕の肩を叩き、耳元で囁《ささや》きかけてくる。

「何しろ我々は身内のようなものだからねぇ。ふふふ、可能な限りのバックアップはするとも。ほら、まずはこれを持っていきなさい。代官就任の準備金だ」

そう言ってアデライドは一枚の紙切れを押しつけてくる。小切手だ。振出人はアデライド個人で、額面は僕の年俸よりも桁がふたつほど大きい。

ただし、もちろんこれは〝お小遣い〟ではなく借金だ。アデライド宰相は商人の出身だから、このあたりはキッチリしている。それでも相場よりかなりの低利子で貸し付けてくれるから、ずいぶんと良心的ではあるが。

……これ以前にも、僕はたびたびこうして宰相からの借り入れを受けていた。その総額がいくらなのかについては、正直考えたくない。少なくとも貧乏騎士の俸給では一生かかっても返済しきれないのは確かだろう。もちろんアデライドはこちらの返済能力など把握しているだろうに、どうして平気な顔で新たな融資をしてくれるのだろうか。有り難いのは確かだが、意図がわからないのでかなり怖い。

「それから、行政業務の補佐ができる人材もこちらから回そう。きみはこういう仕事は苦手だろうからねぇ」

「あは、あはは……ありがとうございます」

アフターフォローが完璧すぎて涙が出てきそうだ。参ったねぇ、こりゃ。借金取り立ての暁には、僕はどうなってしまうのだろうか？　貞操を売るくらいじゃ全然足りないだろうなぁ……。

「まあ、大船に乗ったつもりでいてくれたまえよ。きみの後ろには、このアデライド・カスタニエがついているのだからねぇ。ぐふふ……」

ネチャついた笑みとともに、アデライドは僕の手をスリスリと撫でてきた。美人が台無しのセクハラおやじしぐさである。頼ってはいけない相手に頼ってしまった感が凄まじいな。

このままでは、成り上がりどころか宰相閣下の奴隷ルートに突入してしまいそうな気がする。前門の旧守派公爵、後門のセクハラ宰相か。自分の将来がだいぶ不安になってきたぞ……。

◇◇◇

「あの老いぼれめ、よりにもよってアルくんを遠国に飛ばすなどと！」

打ち合わせが終わり、アルベールが談話室から去ったのち、宰相アデライド・カスタニエはそう叫びながらテーブルを殴りつけた。茶器が飛び上がり、耳障りな音を立てる。会話中こそ平常通りの態度を崩さなかった彼女だが、その心中は大荒れであった。

「あと少し、あと少しで彼のすべてが手に入ったものを！」

ギリギリと歯ぎしりするアデライド。あと一歩で成就するはずだった彼女の計画は、オレアン公の無粋な横槍《よこやり》によって粉々に打ち砕かれてしまった。断じて許せるものではない。

今や、アルベールの借金は伯爵級の領主貴族でも青ざめるような額にまで膨れ上がっている。もちろん返済の見込みはたっておらず、貸し倒れ寸前だ。債権者としては危機的状況だが、アデライドはわざとこうなるよう誘導していた。借金のカタとして、アルベール自身の身柄を回収するためだ。

「私の夫になれ。そうすれば、すべての借金を帳消しにしてやる」

彼に向かってそう言い放つ日を、アデライドは一日千秋の思いで待ちわびていた。にもかかわらず、アルベールは遥か遠方へ旅立つことになってしまったのだ。宰相の受けたショックは尋常なものではなかった。

「だから言ったんですよ、もったいぶってないでさっさとプロポーズしろって」

そんなアデライドを呆《あき》れ顔で諌める者がいた。秘書兼護衛として長く宰相に仕えている腹心、騎士ネリーだ。

「何があと少しですか。ブロンダン卿はとうの昔に返済不能になってるんですよ！　その時点で回収しておけば、こんなことにはならなかったのに」

ネリーの言い草は上司に対するものとは思えぬほど辛辣であった。実のところ彼女はアデライドの幼馴染みであり、主従というよりは親友といった方が良い関係なのだ。

「馬鹿を言うな！　あのアルベールを中途半端な額で身請けするなんて、そんな失礼なことができるか！　国ひとつを買えるような大金を積み上げて、『これがきみの価値だ』と言ってやるのが礼儀だろう！」

「汚い礼儀だなあ……普通にアプローチできないんですか？」

「い、いや……それは……」

痛いところを突かれたらしく、宰相はぱっと視線を逸《そ》らしてまごついた。両手の人差し指をツンツンとしつつ、唇を尖《とが》らせる。

「私みたいな軟弱女に言い寄られても、アルくんは嬉《うれ》しくないだろうし……これはもう、唯一の武器であるカネに頼るしかないだろうって……」

アデライドには女としての自信など微塵《みじん》もない。剣の腕はからっきしだし、武器を突きつけられれば即座に腰を抜かしてしまうほど肝が小さかった。

一方、世の男たちが持て囃《はや》すのはもっぱら強く勇猛な女であった。自然と、その対極に位置しているアデライドのような女は肩身が狭くなる。彼女が『自分には女としての魅力などないのだ』と諦めてしまうのは当然の流れだった。

「面倒くさ……」

「面倒くさいって言ったか、今」

「言ってませんよ。幻聴じゃないですか」

すっとぼけるネリーの表情は、なんとも白けたものだ。確かにアデライドはまったくモテるタイプではないが、彼女が懸想しているのはあのアルベールだ。彼自身がまったく男らしくない男なのだから、そんな世間の常識に振り回されるのはいかがなものか。ネリーは心の中でそう吐き捨てる。

「まあ、いいじゃないですか。代官といっても任期付きですから、数年もすれば帰ってきますよ」

「三年後には私は三〇だぞ!?」

「その頃には私の子供たちもずいぶんと大きくなっているでしょうね」

ネリーはアデライドと同い年だが、すでに結婚しており子供も二人いた。部下兼幼馴染みにマウントを取られた宰相閣下は、頭を抱えながらテーブルの上でのたうち回る。

「うぎぎぎぎ……!」

「まあまあ、それはさておき今は目の前の仕事を片付けましょ」

さすがにちょっと可哀想になり、ネリーは苦笑をしながら上司の肩を叩いた。手厳しい発言の多い彼女だが、別にこの幼馴染みのことが嫌いというわけではないのだ。

「別に、ブロンダン卿との縁が切れたわけではないんですからね。せいぜい手助けして、恩を売れば良いじゃないですか」

「あ、ああ。確かにそうだ。リースベンは油断ならぬ土地、いかにアルくんとはいえ一筋縄ではいかないだろう」

なんとか体を起こしたアデライドだが、その表情はいまだ優れない。リースベンという土地は、ガレア王国首脳部ではある種の忌名《いみな》になっていたからだ。呪われた土地、そう呼ぶ者すら少なくない。

「何しろ、代官が三連続で戦死した修羅の国だ。そのくせ、大軍を駐留させるほどの価値もないときている。それゆえ、今までは捨て置かれていたが……愛《いと》しのアルくんの任地となるなら話は別だ。それなりの手を打たねば」

「言っておきますけど、大規模な援軍の派遣はおすすめしかねますよ。僻地に大軍勢を送り込むと、絶対に補給がたいへんなことになりますからね。軍民問わずみな飢えることになりかねませんよ」

すかさずネリーが釘を刺した。宰相はあくまで文官であり、軍事に関しては素人なのだ。思いつきで妙なことをされてはたまったものではない。

「万全を期するならば、量ではなく質を向上させるべきでしょうね。まぁ、このあたりはブロンダン卿と直接相談すべきでしょう。彼は我々の陣営の中でも一番のいくさ上手ですから」

「ああ、むろんだとも」

頷きつつも、アデライドの表情は不満げだ。

「しかし、アルくんの要望にウンウンと頷くばかりで自分の意見を出さないというようなことは避けたいねぇ。上司として、そして未来の妻として、情けないところは見せたくない」

「そうやって無駄に格好をつけるから、いつまでたっても獲物を仕留められないんですよ」

アデライドは部下の苦言を華麗に無視した。指摘されずともそんなことは理解しているし、直す気もなかったからだ。

「そうだな………うむ、いいことを考えた。翼竜だ、翼竜。あれをアルくんにあげよう」

「おや、主様《あるじ》にしては冴《さ》えた案が出てきましたね」

少し驚いた様子で片眉を上げてから、ネリーは懐から手帳を取り出した。パラパラとめくり、求める情報を探す。

ちなみに、翼竜というのは翼の生えたトカゲのような魔物である。背中に人を乗せて飛ぶこともできるため、貴重な飛行用騎獣として飼い慣らされている。

もっとも、大国ガレアとはいえ保有する翼竜の数は決して多くない。このトカゲは新鮮な肉しか口にしない上、とんでもない大食漢なのだ。さらには飼育・調教・繁殖の難易度までもが高いため、偵察や伝令に用いる程度の数を揃《そろ》えるのがせいぜいといったところだった。

「二、三騎程度であればなんとかなるでしょう」

「よろしい、ただちに調達してくれ。もちろん、オレアン公には露見しないようコッソリとだ」

ご満悦の様子でアデライドはそう念押しした。自らのひらめいた名案がよほど気に入ったらしい。

「……もしかして主様、自分も翼竜に乗ってリースベンに乗り込もうとか考えてません？」

相手は腐れ縁の幼馴染みだ。ネリーには宰相の考えていることなど手に取るようにわかった。案の定、アデライドは冷や汗を垂らしながらそっぽを向く。

「そ、そうだが？　翼竜であれば、いかに遠方とはいえ三、四日程度で往復できるだろう。長期出張にかこつけて、アルくんの顔を見に行くことだってできるだろうねぇ」

「やめときましょうよ……あそこはド野蛮な蛮族の巣窟だって、自分でも言ってたじゃないですか……」

「いーや、ダメダメ！　行くと言ったら行く！」

子供のような調子でダダをこねるアデライド。荒事となれば即座に尻尾を巻くのが普段の彼女なのだが、この時ばかりは強情だった。

「はぁ、まぁ、どうしてもと言うのなら仕方ありませんが。まったく、恋は人を盲目にさせますねぇ」

ジト目で主を睨みつつ、ネリーは深いため息をついた。どうせ、彼女には拒否権はないのである。ここまで言われては頷くほかなかった。

それに、実際のところネリーとしても上司の恋路を応援したい気分はある。元来臆病なアデライドが、危険な蛮地に自ら乗り込もうとしているほどなのだ。その思いの強さは生半可なものではないだろう。

「しかし、空の旅はなかなかに過酷ですよ。後で泣いても知りませんからね」

「はっはっは、何を言っているのかね。この私が、飼い慣らされたオオトカゲ風情におびえるとでも？」

大笑いするアデライドだったが、結局その後ネリーの懸念は現実のものとなった。何しろ、翼竜はあくまで生き物である。当然ながら地球製航空機のような風防も付いていない。ほとんど野晒しのまま鞍《くら》に腰を据え、大空を飛ぶのだ。その恐怖がいかほどのものか、恋愛で頭がちゃらんぽらんになった今のアデライドにはまったく想像がついていなかった。

◇◇◇

王城の中庭には、立派な庭園がしつらえられている。面積こそ決して広いものではないが、庭木の配置が巧みなために狭苦しさはまったく感じない。澄んだ水で満たされた人工池の周りには、常に季節の花々が咲き乱れていた。

小池のほとりには、壁のない小さな東屋《ガゼボ》が建っている。パスカル女王は、この東屋にやってきて香草茶を一服することを毎日の日課としていた。長閑《のどか》な時間の流れるこの空間は、熾烈《しれつ》な権力争いの渦巻く宮廷における唯一のオアシスなのだ。

この日の午後もまた、女王は東屋の下で茶会を開いていた。しかし、その表情は優れない。煩わしい日々から逃れるための茶会に、その煩わしさの権化のような女が相伴しているからだった。

「ご気分が優れませんか、陛下」

白々しい口調で問うてくるオレアン公に、女王は深々とため息をついた。わかりやすいイヤミだが、彼女をこの場に呼びつけたのは自分自身なのだ。さすがに文句を付ける筋合いはないだろう。

「少々疲れているだけだ、気にするな」

そう言って、女王は香草茶を一口飲む。そしてため息をつき、倦《う》んだ目で老公爵を見た。

「余と貴様の仲だ。余計な前振りはいらぬであろう。さっさと本題に入らせてもらおう」

パスカル女王とオレアン公は同年代で、しかも従姉妹同士だった。さらに言えば、娘婿には公爵の息子を迎えている。もちろん息子といっても養子だが（そもそも亜人は女性しか存在しない）、普通の主従以上の濃い付き合いであることは事実だ。

「貴様を呼びつけたのはほかでもない。くだんの男騎士の件だ」

「ええ、わかっておりますとも」

見事な金装飾の施された白磁のカップを手に、オレアン公はため息をついた。ガレア王室で用いられる茶器はすべて、中央大陸東部の大国・大溟《だいめい》帝国の一流職人に作らせた最高級品である。

「余計な波風を立てるな、とおっしゃりたいのでしょう？」

「さよう」

我が意を得たり、とばかりの様子で頷くパスカル女王。

「功績ある軍人、それも宰相のお気に入りをあのような最果ての地に飛ばしてしまうなど、どう考えてもやりすぎだ。確かに貴様のような昔かたぎの人間にとっては、男の騎士など認められるものではなかろうが……」

「お言葉ですが、陛下」

老公爵は不敬にも女王の言葉を遮った。余人ならば叱責では済まされない行為であるが、パスカルはそれを咎《とが》めず鼻を鳴らすだけだった。オレアン公は決して気の置けない友人などではなかったが、半世紀以上の腐れ縁は伊達《だて》ではない。

「あの男を遠流《おんる》に処したのは、何も私個人の好き嫌いによるものではございませぬ。そもそも、私があの男を嫌っているということ自体が勘違いなのですから」

「ほう？」

意外な言葉に、パスカル女王は片眉を上げた。スコーンをかじり、香草茶で口を湿らせる。

「余は好かんがな、あの男は……」

「ほう、それはまたなぜでございましょうか？」

そう問いかける老公爵の顔には、愉快げな微笑が浮かんでいる。子供の時分によく見た顔だ、と老女王は口元を歪めた。当時のオレアン公は、パスカルよりわずかに早く生まれたことを笠《かさ》に着てよく姉貴ヅラをしていたものだ。

「国費の無駄遣いに繋《つな》がるからだ。ブロンダン卿は確かに軍人としては有能だが、火薬兵器を過信するきらいがある。個人として好んでいるぶんにはまあ良いが、新型だなんだと言って女王軍に売り込みを図るのはよろしくない」

今から一〇〇年ほど前、東方より火薬兵器が伝来した。現在では女王軍の一部にも鉄砲隊や砲兵隊が編成されている。だが、それらはあくまで補助部隊であって、主力として扱われているわけではない。

「得体の知れぬオモチャに出すカネはない、と」

「その通り。鉄砲は射程も精度も長弓に劣るし、大砲は攻撃魔法の下位互換だ。ブロンダン卿は、全廃しても大して困らぬであろうこれらの兵科を大幅に増強せよと主張している。あれも所詮は男だな。火薬の轟音《ごうおん》を怖がって、過大に評価しておるのだ」

「陛下。申し上げにくいのですが、その認識は古うございます」

自分と同年代の年寄りに古いと言われ、女王は面食らった。

「確かに、これまでの鉄砲や大砲は弓兵や魔法兵で代替できる程度の存在でした。しかし、ブロンダン卿が導入を推進している火器類は従来のものとは一線を画しております」

「驚いた。貴様が新しいモノを褒めているところなぞ、数十年ぶりに見たやもしれぬ」

「からかわないでいただきたい。今は真剣な話をしている最中ですぞ」

苦々しい表情で首を左右に振り、オレアン公は香草茶に口を付けた。普段なら追従笑いくらいはするだろうが、今はそんな気分にはなれなかった。

「密かに入手したブロンダン卿の新型火器を、当家の軍人と技術者に検分させました。結果はなかなか凄まじいものでしたよ」

「……そこまでか？」

オレアン公の尋常ならざる雰囲気を感じ取り、女王は表情を改めた。旧守派と揶揄《やゆ》されるような女がここまで言う新兵器だ。常識外れの代物であることは間違いないだろう。

「のちほど、検分の際の報告書を届けさせましょう。しっかり、隅々まで目を通すことをお勧めいたします」

名君の誉れ高いパスカル女王だが、軍事には疎い。戦争が起きる前に外交でカタをつけてしまうからだ。これまでアルベールの新兵器に興味を示さずにいたのもそのためである。幼馴染みのオレアン公は、彼女のこの欠点をよく承知していた。

「なるほど、わかった。貴様がそこまで言うのなら、よほどのことなのだろう。……しかし、なおさら解せんな。ブロンダン卿がそれほどまでに先見の明がある人物だというのなら、なぜ辺境へ左遷などしてしまったのだ？　いっそ、引き抜きをかけた方が良かったように思えるが」

カップをソーサーに戻し、女王は自らの顎を撫でる。アルベール・ブロンダンはアデライド宰相のお気に入りだが、彼自身の政治基盤は極めて貧弱なのだ。オレアン公ほどの謀略家であれば、いかようにも料理できるハズだった。

「とんでもない。あんな男を我が門閥に迎えるなど、御免蒙《こうむ》ります」

「先ほどは、ブロンダン卿を嫌っているわけではないと言っていたように思うが」

「嫌っているのではありませぬ。恐れているのです」

ゆっくりと息を吐き、オレアン公はカップの香草茶を飲み干した。すかさず、使用人が新たな茶を注ぎ入れる。

「……そう、私はアルベール・ブロンダンを恐れている。怖いのですよ、あの男が」

「これは異なことを言う。この国において余の次に強い権勢を誇る貴様が、いち法衣騎士ごときを恐れるとは」

不気味なものでも見るような目で幼馴染みを見やる女王。この女が何かを怖がっているところなど、今まで見たことがなかった。

「陛下。あの男の初陣をご存じですか」

そんな女王の様子を見て自嘲の笑みを浮かべたオレアン公は、コホンと咳払いをしてからそう質問した。脈絡のない話題転換に、パスカルは目をぱちくりさせる。

「知らぬ」

「第一四次イリネス戦争。何度目になるかわからぬイリネス公国への救援ですよ」

「ああ、イリネス戦争……いや、一四次だと？　貴様が遠征軍司令に立候補した、あの星字軍《せいじぐん》か!?」

中央大陸のド真ん中に、イリネス公国という国がある。西方と東方が交わる交易の要衝であり、ガレア王国と同じ宗教を信仰する友邦でもあった。

このイリネス公国は、異教の大国であるトルキア覇皇国という勢力からたびたび侵略を受けていた。もしイリネスが陥落すれば、次に覇皇国の魔手が伸びるのは自分たちかもしれない。

そう考えた西方諸国は宗教の下に連帯し、星字軍と号する連合を設立してトルキア覇皇国との果てしない防衛戦争を続けていた。

もっとも、中央大陸の西端に位置するガレア王国にとっては、そんな戦争など文字通り対岸の火事にすぎない。外交上の付き合いで軍こそ派遣しているが、宮廷においてさえも星字軍の件が話題に上ることは稀《まれ》だった。

「さよう。不肖、私の最後の実戦でございます」

なんとも苦い表情で頷いてから、オレアン公は冷え切った香草茶を飲み干した。

「私の初陣も、あのイリネス公国でしたからな。体が萎え切る前に、もう一度あの美しい異郷の大地と海を見ておきたかった」

「旅行気分だな。遠征だぞ、遠征。それも我らが星導教《せいどうきょう》を守るための聖戦だ」

「そうはいっても、近頃のトルキア覇皇国は領内での反乱鎮圧に手いっぱいですから。せいぜい国境地帯で睨み合って、義務的に少しだけ殴り合って、それで終わる程度のいくさのはずでした。老体でもこなせるヌルい戦争だと……」

オレアン公の目には明らかに自嘲の色があった。

「それがまさか、あんなことになるとは。過激派の新皇帝が即位して、いきなり五万の大軍を送り込んできた。長い長い船旅を終え、やっとのことで上陸した途端の急報です。たまげましたよ」

「まして、貴様の手持ちの戦力はわずか六〇〇。しかも、そのほとんどが実戦の空気を吸わせるためだけに連れてきた新米どもだ。楽ないくさになるはずがない」

「まことにその通り」

苦い顔で首を左右に振り、オレアン公は東屋の外へと目をやった。美しい小池に、鮮やかな草木。小鳥の声も心地よい。あの乾き切った戦野に比べれば、ここはまるで楽園のようだった。

「むろん、現地には星字軍の味方もそれなりにおりましたが。しかし、所詮は宗教のみの繋がりしかない緩い連帯です。正直なところ、烏合《うごう》の衆でしたな。まったく、よくあの精強な覇皇軍を撃退できたものです」

「貴様の武勇伝は昔からむやみやたらに長い。そういうのは後で聞いてやるゆえ、今は早く本題に入れ」

「おや、失礼。……そうそう、ブロンダン卿の話でしたな。まったく、年を食うと話がわき道に逸れていけない」

コホンと咳払いし、香草茶を口に運ぶオレアン公。

「とにもかくにも、あのいくさはひどかった。突然の悪戦に巻き込まれた新米どもはもちろん、その引率者である私自身も狼狽《ろうばい》しておりました。そんな状況で、あのブロンダン卿だけが落ち着き払っておりました」

そこまで言って、オレアン公は妙な顔をして首を左右に振る。そして口をへの字に曲げ、老女王の方を窺った。

「落ち着き払っているというよりは、馴染んでいたと表現するのが正しいでしょうな」

「それは……なんというか。無知ゆえに恐怖を感じていないとか、ただ痩せ我慢が上手いとか、そういうわけではなく？」

いささか不気味そうな表情で女王が聞く。平和な時代の君主である彼女も、戦場経験が一切ないというわけではない。武勇は貴族にとって必須の要素とされており、戦場に一度も出たことがないような者はどれほど肩書きが偉くともナメられるからだ。

パスカル女王自身も、反乱の鎮圧や付き合い参戦の対外戦争に参加した経験はもちろんある。王太子時代など、敵将との一騎打ちに応じたことすらあった。

「ええ、むろん違います。あれは、明らかに長年戦塵にまみれ続けた古兵にしか取れぬ物腰でありました。自然体、そう評するほかない立ち振る舞いと申しますか」

「凄まじいな。初陣でそれか」

呆れた様子で肩をすくめる女王。彼女とて、初陣の際にはそれなりに無様を晒した。もちろん、パスカルが特別臆病だったわけではない。何十、何百という人間の殺意を一度に浴びて、平静でいられる人間がどれだけいるだろうか。

「ご存じの通り、狂気の沙汰がまかり通るのが戦場です。そんな環境に素で適合してしまうような人間が、まともであるはずがないでしょう。間違っても、平和な国にいてよい存在ではない」

複雑な心境の籠もった目で、オレアン公は主君を見つめた。彼女自身、おのれの感情を言語化することに手間取っている様子だった。

「だから遠国に飛ばしたと」

「さよう。あの男は、明らかに戦争を愛し戦争に愛されております。存在するだけで災いを呼ぶ類いの存在と言って良い。この美しき花の都を焼かせぬためには、こうするほかなかったのです」

「なるほどな」

老女王は一応納得してみせたが、オレアン公の主張はさっぱり理解できていなかった。確かに、初陣で立派な戦いぶりを示すことができる人物などそう多くはない。それが男であればなおさらだ。

しかし、だからといってそれを災禍の元凶のように言うのは飛躍がすぎる。老耄《ろうもう》で錯乱しているのではないか、などという考えすら脳裏に浮かんだ。

そこまで考えて、パスカルはいったん自分の考えを打ち消した。オレアン公がこのような抽象的なことを口にするなど、今までなかったことだ。よほどのことがなければこうはなるまい。女王はアルベールに対する警戒を一段階上げることにした。

「まあ、確かに彼は伝統的な軍編成に公然と否を突きつけるような人物であるのは確かだ。我が孫娘などが共鳴し始めれば目も当てられぬ」

「まさにそれこそが私の一番危惧している事態ですよ。フランセット王太子殿下は聡明《そうめい》なお方ですが、まだお若い。過激で新奇な主張に心奪われぬとも限りませぬ」

その指摘に、パスカル女王は小さくうめき声を上げた。彼女は自身の後継者として、孫娘のフランセットを指定していた。本来王位を継ぐはずだった女王の一人娘が、狩猟中の事故で命を落としてしまったからだ。

母に代わって王太子となったフランセットは、幼い頃から神童と褒め称《たた》えられた俊英だ。文武に優れ、官僚からの評判も悪くない。しかし少々男癖が悪く、その上極端な意見に流れがちという欠点もあった。

そういう性格のフランセットが、世にも珍しい男騎士に興味を示さぬはずがない。今さらながら、パスカル女王は肝の冷える思いを味わった。両者が結びつきでもしたら、女王は安心して後事を託すことができなくなる。

「確かに貴様の言う通りだな。宰相には悪いが、アルベールは一生あの蛮地に封じておくことにしよう」

「それがよろしいでしょう。なに、リースベンは蛮族だらけの危険な土地です。あのような戦争狂にとっては、むしろ過ごしやすい場所かもしれませせぬ」

二人の老人は顔を見合わせて笑い、そして揃って深いため息をついた。

第二章　辺境

リースベンはガレア王国の南端に位置するド辺境だ。あまりにも距離が離れすぎているため、現地で何かが起きても本国からの支援は期待ができない。つまり、たいていの問題は現地で片付ける必要があるということだ。

その上、エルフの問題もある。この危険極まりない蛮族が一筋縄ではいかない相手であることは、前任者たちの記録を見れば一目瞭然だ。蛮族風情と舐《な》めてかかれば間違いなく無様な敗北を晒す羽目になる。

そうして入念に準備を整え、いよいよ旅立ちの日がやってきた。王都郊外にある練兵場にこの旅の同行者たちを集め、最後の確認を行う。

当然ながら、今回のリースベン行きは僕の一人旅ではない。僕は転生者だが、いわゆるチート能力の類いは持ち合わせていないからな。何をやるにしても、部下たちの協力が必要だった。

僕の直接的な手足となってくれるのが、配下の独立遊撃小隊に所属する二四名の騎士たちだ。彼女らは全員が騎士階級の出身で、一人あたり一～二名の従者を連れている。編成上は小隊となっているがなかなかの大所帯だ。

これに加え、女王軍第一砲兵嚮導《きょうどう》大隊から軽便な山砲一門とその運用要員一〇名が派遣されている。アデライド宰相が急遽《きゅうきょ》用意してくれた連中だ。一門とはいえ大砲が手に入ったのは大きい。有り難い配慮だった。

同行者は軍人だけではなく、鍛冶師、鋳物師、錬金術師といった技術者の姿もあった。鉄砲や大砲といった新兵器を整備・生産するための要員である。

何しろリースベンは辺境だから、鉄砲工房や火薬工場などの施設があるとはとても思えない。そこで馴染みの工房に頼み込み、現地に新たな工房を建てるための人員を貸してもらうことになったのだ。

結局、最終的な道連れは一五〇人近い数まで膨れ上がることになった。もちろん、荷物を満載した荷馬車もたくさん同伴している。ちょっと大げさにすぎる陣容にも思えるが、赴任先は常識の通じない蛮地だ。これでも不足かもしれない。

「人員、物資、ともに欠けはありません」

「たいへん結構」

千里の道を行く第一歩でつまずいては格好がつかない。まずは一息つき、そして練兵場の外へと目を向ける。そこには、結構な数の人々が集まっていた。僕たちの見送り客だ。最終確認に手間取って、あの人たちをずいぶんと待たせてしまった。いい加減に挨拶に行こう。

「やれやれ、とうとうこの日が来てしまったか」

いの一番に声をかけてくれたのは、誰あろうアデライド宰相だった。彼女も忙しい身であろうに、左遷された下っ端一人のために直接出向いてくれるのだから人が良い。

「何度も言うが、リースベンは危険な土地だ。私の威光も届かない。危ないと思ったら、任期の途中でも構わず帰ってきなさい。後始末は私がなんとかする」

などと言ってくれるのは嬉しいが、任務放棄はさすがにまずいだろ。左遷された身ではあるけれど、まだ僕は立身出世を諦めてないんだ。そのためにも任された仕事はしっかり果たさなきゃな。

「我が息子ながら、まったく憐《あわ》れなもんだねぇ。こんなにうまい王都の酒をしばらく飲めないとは」

次に現れたのは、野卑な風貌の中年只人女性だった。まだ朝だというのに、ワインをラッパ飲みしている。いかにもゴロツキめいたこの人物が、現世における僕の実母だった。

荒事に向かぬ只人の身でありながら騎士などをやっているだけあって、母上はなかなかの豪傑だ。別れの日であっても湿っぽさはまったくない。

しかし別れ際の土産《みやげ》として酒樽《さかだる》に入ったワインをいくつも持ってきてくれたのは有り難かった。しかも、僕が普段から好んで飲んでいる王都名産の銘柄だ。

気にしていないフリをしつつもこうした配慮をしてくれるのが、我が母ながらなかなかニクいところだな。

「いいかい、アル。僕の目がないからといって、だらしない生活をしてはいけないよ。身だしなみもキチンと気を付けること。君はしっかり見てないといくらでも無精になっていくからとっても心配だよ」

などとお説教をしてくるのは父上だ。父上はそれなりの良家の出身で、この世界における模範的な貴族令息そのものだった。四〇近くなった今でも、その所作には気品が漂っている。

対する僕は転生者で、この世界における〝男らしさ〟にはどうにも馴染めない。そのせいで、

父上にはたいへんな迷惑と心配をかけていた。

父上から見れば、僕はよほどの問題児だっただろう。剣は振り回す、酒は痛飲する、あげくにドのつく無精者ときた。それでもこうして今でも心配してくれるあたり、父上には足を向けて眠れない。

上司や家族のほかにも、見送りに来てくれていた人は多かった。幼馴染みの聖職者、懇意にしている軍人、馴染みの酒場の主人……全員としっかり握手をし、言葉を交わす。

もちろん、部下や同行者たちもそれぞれ親類縁者や友人たちと涙ながらに別れを惜しんでいた。

ひとたびリースベンのような僻地に赴けば、そう簡単には帰ってこられない。いや、下手をすればもう二度と王都の土を踏むことなく生涯を終える可能性すらあるのだ。別れが湿っぽくなるのも当然のことだった。

「出陣だ、淑女諸君！　涙を拭いて前を向け！」

とはいえ、いつまでもこうしているわけにもいかない。挨拶が一段落つくのを見計らい、涙をのんで出発の号令をかけた。愛馬に跨《また》がり、胸を張りながら拍車を入れる。

大名行列めいた隊列を引き連れ、僕たちはいよいよ練兵所の門を出た。後ろでは、見送り客らが大きく手を振っている。軽く手を上げてそれに応え、視線を前に戻す。

地平線の先まで続くまっすぐな街道と、その左右に広がる麦畑。今はちょうど冬麦の収穫直前の時期で、色づき始めた穂が晩春の風に吹かれて揺れている。

「絶好の旅立ち日和ですね」

僕の隣を騎馬で併走していた騎士が、そんな言葉をかけてくる。くすみ一つない空色の髪をポニーテールにまとめた美丈婦だ。

その種族は他のガレア騎士の例に漏れず竜人なのだが、身長は周囲の者たちよりもずいぶん高い。少なくとも、一九〇センチは超えているだろう。さらに言えば、体躯《たいく》に比例するように胸の方もたいへんに豊満であった。

「確かに遠乗りにはもってこいの天気だ。目的地が南の果てというのはいささか遠すぎるが」

苦笑をしつつ、天を仰ぐ。気持ちの良い青空には綿菓子のような雲がいくつか浮かんでおり、なんとも長閑な雰囲気だ。

「しかも、それがオレアン公の差し金というのも気に入りません。道中や現地で何かを仕掛けてくる可能性もありますから、何とぞご用心を」

長身騎士の忠言に、僕はしっかりと頷き返した。この騎士は僕の副官で、名をソニア・スオラハティという。幼馴染みとして一〇年以上の付き合いのある彼女は、僕にとっては一番の親友であり腹心でもあった。

「そうでなくとも、この頃物騒だからな。賊なり魔物なりの襲撃がある可能性も十分に考えられる……」

太平の世、などと言われてはいるが、それはあくまでこの世界の基準での話だ。

小規模な反乱やら一揆《いっき》やらはたびたび起こっているし、危険な猛獣……魔物なども駆除されぬままそのへんをうろついていたりする。街の外にいる間は、一秒たりとも気を抜くわけにはいかないだろう。

「聞いたな、淑女諸君！　これから向かうリースベンは戦地同然の危険地帯だ！　今から気合いを入れておけ！」

「ウーラァ！」

僕の命令に、部下たちはそう元気よく返答する。ウーラァとは、了解の意味だ。騎士といっても職業軍人には違いないので、このあたりのノリは前職で培ったものがそのまま通用する。

とはいえ、軍人といえど人間だ。よくよく見れば、隙を見て後ろをチラチラと振り返っている者も少なくない。彼女らの視線の先には、白亜の防壁に囲まれた大都市がある。我らが王都パレア市だ。

僕の配下の騎士たちの大半は、王都出身だからな。故郷を離れることに抵抗感を覚えている者は少なくない。行き先がクソ物騒なド辺境ならばなおさらだ。

もちろん、僕自身も彼女らと同様の思いを抱いている。僕の第二の人生は王都で始まり、あの石造りの町並みを庭として育ってきたんだ。少なくとも、前世の故郷と変わらない程度の愛着は持っている。

とはいえ指揮官が後ろを振り返ってばかりでは格好がつかないからな。まるでなんの未練もないかのように、前だけをまっすぐ見据える。将校になると、こういう痩せ我慢ばかりが上手くなっていくからイヤだね。

そういえば、前世で日本国籍を捨てて出国する時も、こんな気持ちを抱いたような気がする。せっかく二度目の生を得たというのに、前世と同じようなことばかり繰り返してるってわけだ。まったく、馬鹿は死んでも治らないというのは本当だな。

……いや、前世のあの時は、名門士官学校へ進学のためのいわば栄転だった。対して、現世のコレは完全に左遷なんだよな。参ったね、こりゃ。同じ轍《てつ》を踏んでいるどころか、むしろ悪化してるじゃないか。ひどい話もあったもんだ。

「ねえ、アル様笑ってない？」

「ああ、リースベンのことを思って楽しくなってるんだろう。なんでも、めちゃくちゃ物騒な蛮族がいるって話だから……」

「ああー……アル様の悪い病気が出たね。さすがは王国屈指の戦争マニア《ウォーモンガー》」

何やら、部下どもがコソコソと妙な話をしている。おい、なんか勘違いされてないか？　誰が王国屈指の戦争マニアだこの野郎。

「おいコラ聞こえてるぞ。ジョゼットにダニエラ、お前ら上官侮辱罪な。罰として後で腕立て伏せ二〇〇回！」

「ゲッ、マジすか」

「大マジ」

ヤケクソ気味に「ウーラァ！」と返す部下どもを睨み、ため息をつく。まったく、旅立ちの日に何やってんだか……。

◇◇◇

この世界における旅は、前世の時代とは比べものにならないほどに過酷だ。基本は徒歩だし、馬や馬車も自動車とは比べものにならないほど乗り心地が悪い。

毛織物のマント一枚で雨風をしのぐのもなかなかに辛い。前世の高性能なレインコートが懐かしくなってしまう。文明の利器の素晴らしさを今さらながら痛感する日々だ。

さらに、治安の悪さもかなりシャレにならない。一応今は天下太平の時代とされているのだが、それでも様々な理由から盗賊に身をやつすものは少なくなかった。

とくに地方の盗賊の図太さといったらない。何しろ軍旗を掲げて行軍する我々にすらその矛先を向けるほどなのだ。

「王家の旗を掲げた隊列を躊躇《ちゅうちょ》なく襲撃とは。まったく肝の太い連中だよ」

草むらに倒れ伏した盗賊どもの死体を見ながら、深々とため息をつく。盗賊といっても、その装備はなかなかに立派だ。面頬つきの兜《かぶと》に、板金製の胴鎧。槍や剣といった武器も手入れが整っている。

それもそのはず、こいつらの正体は騎士なのだ。自分でそう名乗ったのだから間違いない。こういう連中を俗に盗賊騎士と呼ぶのだが、そのやり口は単純だ。ムチャクチャな難癖をつけて〝決闘〟を仕掛け、賠償金と称して金品を強奪するのである。

つまり、騎士の権利である決闘を悪用して狼藉を働いているわけだ。あまりにタチが悪すぎて、初めて聞いた時は開いた口が塞がらなかった。

「女王陛下の権威が及ぶのは、王家直轄領とその近辺だけですから。はっきり申しますが、地方貴族や騎士は王家に対してなんの敬意も恐れも抱いておりませんよ」

などと説明してくれるのは副官ソニアだが、当の本人の言動にも王家への敬意が欠けている。

それもそのはず、彼女自身も出身は王国の北の果てにある辺境領だった。

しかし、ソニアの言うことにも一理ある。この世界における王というのは、あくまでその地域一帯でもっとも有力な領主が名乗る称号にすぎないのだ。古代中華皇帝や革命前のフランス王家のような絶対的な権威など持ち合わせていない。

「先が思いやられるな……」

ここはまだ辺境地域ではないのだが、それでもこのナメられぶりである。果たして、ド辺境のリースベンの民衆や地豪は僕たちの言うことを聞いてくれるのだろうか。

なんとも気が重かったが、今からそんなことを考えても仕方がない。深いため息をついてから、僕は行軍の続行を命じた。旅はまだ続くのだ、こんなところで立ち止まっている暇はない。

その後も、僕たちの前には様々な障害が立ち塞がった。盗賊や魔物、強欲な領主（関所を通りたければ体を差し出せと言われたので城に大砲をブチ込んでやった）、それに山や川といった自然の要害などだ。

悪戦苦闘しながら進むこと一か月、僕たちは細い山道を登っていた。右側は峻険《しゅんけん》な岩山が花崗岩《かこうがん》の岩肌を晒しており、左側は絶壁と称するほかない断崖になっている。

道自体もたいへんにか細いもので、路面もかなり不安定だ。一応なんとか馬車も通行できるという話だったが、四頭立ての中型荷馬車でもかなり厳しい。

一歩間違えばそのまま崖下へ転落してしまいそうなほどにギリギリだった。

「この山を越えれば、もうリースベンです」

そう言って僕たちを先導するのは、狐《キツネ》獣人の少女だった。彼女はふもとの村で雇った案内役で、普段はリースベンで猟師をしているらしい。

そう、僕たちの旅はとうとう最終局面に至りつつあった。そしてこの山越えが、最後の難所というわけだ。

リースベンは半島状の地形となっており、大陸との接続部には岩山が密集している。中に入ろうと思えば、こうして山を越えるしかない。守るに易く攻めるに難い土地なのだ。

「やれやれ、故郷が天国に見えてきましたよ」

珍しいことに、ソニアがボヤきめいた言葉を口にしている。その顔は汗まみれだった。

季節はまだ初夏の頭といったところだが、南方だけあってずいぶんと暑い。冬にはすべてが氷雪で閉ざされるような北国の出身であるソニアにはこの気候は辛かろう。

「何しろ王国領最南端だからな……とはいえ、そのぶん冬は過ごしやすいだろう」

「それは嬉しい限りですね」

少しだけソニアの表情がほころんだ。彼女は北方の出身だが、けっこうな寒がりなのだ。もっとも、これは竜人の種族的な特性なので仕方がない。

それはさておき、この熱気は只人の身にもチト辛い。王都周辺よりもずいぶんと湿度が高いから、余計に不快だな。

しかし、こうも気候が違うとほとんど異邦みたいなもんだな。こりゃ、しっかりと地元民から情報を収集しておいた方が良さそうだ。風土病やら有毒生物やら、気を付けるべきモノはいくらでもある。

「ところで、きみ」

軽く咳払いをしてから、視線をキツネ少女に向ける。彼女は猟銃を肩に掛けていた。これはもちろん僕たちが貸し与えたものではなく、少女の私物だ。

鉄砲は決して僕たちの専売特許というわけではなく、中央大陸全体でそれなりに普及している。とはいっても大半が火縄式なので、技術的には日本の戦国時代に用いられていた鉄砲とほぼ同じようなものだ。

「実のところ、僕の趣味は狩猟でね。とくに鉄砲猟が好きなんだが、リースベンではどのような獲物が捕れるのか教えてくれないか」

これは別に、相手の懐に入るために嘘《うそ》をついているわけではない。狩猟は前世の頃からの趣味で、もちろん転生後も続けている。ガレアではハンティングは貴族のたしなみとされているから、そういう意味でも都合が良かった。

「エッ、都会の方では、男性も狩りをされるんですか⁉」

ところが、キツネ少女は目を白黒させて（もっとも彼女の瞳はヘーゼル色だが）聞き返してくる。どうやら、リースベンでは男が狩り場に入ることはあまりないようだ。

「馬鹿言っちゃいけない！　王都の紳士たちはみなたおやかな乙男《おとめ》だよ。我らがアル様以外に、鉄砲を担いで熊やら猪《いのしし》やらを追い回すような貴族令息がいてたまるかってんだ」

僕が返事をする前に、部下の一人が余計な茶々を入れてきた。しかも、周囲の騎士どももそれに同調してウンウンと頷いている。

とはいっても、これは別に僕がナメられているというわけではない。ガレア王国には同年代の騎士見習いを一か所に集めて教練する慣例があり、彼女らとはその時からの付き合いなのだ。

つまり同期であり幼馴染みでもあるわけだから、遠慮なんてものはとうの昔に吹き飛んでしまっている。僕としても、今さらあれこれ言われたところで怒りなど湧いてこない。

「ダニエラ。後で腕立て三〇〇な」

とはいえここは軍隊なのだから、最低限のメリハリくらいはつけてもらいたいものだ。しかめっ面で言い返してやると、ダニエラは「ウッス！」と悪びれもせず叫んだ。まったく、なんて部下だろうね。

「アハハ……」

僕たちのやりとりを見て苦笑いしていた少女だったが、すぐに表情を苦々しいものへと改めた。そして僕の方を見て、困ったように頬を掻く。

「ああ、そう、リースベンで捕れる獲物の話でしたね。……ちょっと言いにくいのですが、私どもの狙いはもっぱら鳥でして、鹿やら猪やらは見たこともありません」

「エッ……」

「どうにも、リースベンという土地には大型の生き物はほとんど生息していないようでして。森に入れども目にするのはネズミやリスばかり。それどころか、川にも小指より大きな魚は棲《す》んでいないような始末なのです」

「嘘でしょ……」

思わず、愛馬の鞍から転げ落ちそうになる。獲物になるような動物が……いない？　これは参った。このクソ左遷唯一の役得が消え去ったぞ。

ガレア王国の猟場には、かならず狩猟権が設定されている。密猟にならないよう合法的に狩りを行うためには、いろいろと面倒な手続きが必要なのだ。

しかし、今の僕はリースベンの代官だ。当然狩猟権の管理者も僕自身であり、(やりすぎない範囲で)好きな時に好きなだけ狩りを行うことができる……ハズだったのに。

「リースベンの民が獲物を狩り尽くしてしまったのか?」

ソニアが糾弾めいた口調でそう問いただした。しかし、少女が何かを答える前に僕が副官を制止する。

「いや、そんなハズはない。リースベンの森にはエルフが棲んでいるんだぞ? 獲物が絶滅するような派手な狩りをすれば、連中も黙っちゃいないだろう」

「……確かに。いや、すまない。早とちりをした」

いささかバツの悪そうな様子で、ソニアが謝罪する。キツネ少女は苦笑しつつ「お気になさらず」と返した。

「リースベンは、そもそもが実りの少ない土地なのです。作物も、小麦どころかライ麦さえも育ちません。大地の恵み自体が薄いわけですから、動物が少ないのも当然のことなのかも」

「待って、今とんでもない発言が飛び出したような気がするんだけど。ライ麦すら育たないって言わなかった?」

「言いました」

「じゃあ、君たちは普段何を食べてるの」

「エン麦ですね。粥《かゆ》か、薄焼きパン、ビスケットなんかにします」

そう言って、キツネ少女は腰に巻いたポーチから何かを取り出した。ペラペラの紙みたいな薄焼きパンだ。見た目はトルティーヤやピタパンによく似ている。

「ワオ……」

エン麦というのは、要するにオートミールの原料だ。僕個人としては別に嫌いな食べ物というわけではない。

しかしそれはあくまで僕が転生者だからであって、ガレア王国ではエン麦は家畜の餌であるという認識が一般的だ。その不人気ぶりは凄まじく、貴族どころか貧民さえもまず口にしないほどである。

そんな穀物を主食に据えねばならないあたり、リースベンの食糧事情の厳しさは尋常なものではないようだ。参ったねこりゃ。

正直かなりゲンナリした気分になったが、だからといって任務を投げ出すわけにもいかない。その後もキツネ少女にあれこれ質問をぶつけ、リースベンの現状について聞き取りを続けていく。

そんなことをしながら山道を行くことしばし。僕たちはとうとう、山脈の稜線《りょうせん》へとたどり着いた。岩ばかりの光景が一転し、展望が開ける。

「うわあ、一面のクソ緑～！」

などという言葉が飛び出しかけ、慌てて口を押さえる。どこを見ても森、森、森。田畑や集落といった人の営みの気配がある場所は、ごくわずかしか存在していない。文明の最外縁という表現がこれほどふさわしい土地もそうないだろう。

「そうか、これが僕の任地か。うん、面白くなってきたぞ」

罵声の代わりに心にもない言葉を口にして、無理やり笑顔を作る。オレアン公め、なんて場所に飛ばしてくれたんだ。ヤンナルネ、まったく……。

◇◇◇

リースベンの大半は未開の原生林に覆われている。人の手が入っている土地は、全体から見ればごくわずかだ。

それでも一応道路は整備されているが、王都周辺のものと比べればほとんど獣道のようなものだった。乾いているうちは良いが、雨が降ればまともに使えなくなるだろう。

そんな粗末な街道を行くこと二日。僕たちはとうとうこの旅の目的地へとたどり着いた。リースベン唯一の都市、カルレラ市だ。僕の職場である代官所も、もちろんこの街に置かれている。

「やっと着いたか……」

ここが僕の任地か。そう思うと、自然と苦笑してしまう。都市などといっても、もちろん我が故郷・王都とは雲泥の差だ。街というより、大きな村という方が正しいかもしれない。

とはいえ蛮族の襲撃が頻発するような土地であるから、防備はそれなりにしっかりしている。

街の周囲は背の高い土塁によって固められており、内部の様子はほとんど窺えない。土塁のすぐ前には深い空堀があり、その底には大量の木杭が突き立てられていた。

よく見ればその杭の先端が鋭く尖っていた。転落者を刺し貫くための仕掛けだ。純軍事的な砦《とりで》ではよく見る構築物だが、一般市民の住む街の防備としてはなかなか殺意が高い。

総論としては、乏しいリソースをなんとかやりくりして作り上げた城砦《じょうさい》都市、そういう風情の街だった。個人的にはこういう雰囲気は嫌いではない。

「予想よりも随分と栄えていますね。てっきり、掘っ立て小屋が立ち並ぶような開拓村を想像していましたが」

土塁のせいで街の中の様子はあまり窺えないが、それでも教会の高い尖塔《せんとう》やら物見櫓《やぐら》やらは目に入る。都市としての最低限の体裁は整えられているようだ。

「近くに川があるのも良いですな。思った以上に好立地だ」

同行した鍛冶師が、街のすぐ近くを流れる大河を指さして言った。あのあたりに水車を建てて工房を作ろうと考えているのだろう。この世界ではまだ蒸気機関など発明されていないから、ドリルや旋盤、ふいごなどの動力源は人力か水力頼りだ。

「宰相閣下に散々脅かされたから、どんな場所かと戦々恐々としていたが……なかなか良い街じゃないか。ここで働くのが楽しみになってきたよ」

そんなことを話しつつ、カルレラ市の正門へと向かう。ちなみに、案内役のキツネ少女とはすでに別れた後だった。なんでも、彼女が暮らしているのはこのカルレラ市ではなくその近隣の農村なのだとか。

リースベンにはこうした農村が五つほどある。代官たる僕の任務には、こうした衛星集落の統治も含まれている。

「その旗は……アルベール・ブロンダン様ですね」

こちらの姿を認めた門番が、慌てた様子で飛び出してくる。むろん、あらかじめ先触れを出しているので不審者扱いされるようなことはない。

「いかにも。アルベール・ブロンダンである」

「……驚きました、本当に男性の騎士様が来られるとは」

門番は僕の顔をまじまじと見ながら、若干困惑したような声で言った。まあ、男騎士なんてものはどこへ行ってもレアキャラだからな、この程度の反応は慣れたもんだ。

「よく言われるとも。……で、だ。陛下からの書状を預かっている。代官どのに取り次いでもらえるかな？」

僕がそう言うと、ソニアが背嚢《はいのう》から封書を取り出して門番に渡した。彼女は封蝋《ふうろう》に王家の紋章が捺《お》されていることを確認してから、「確かにお預かりしました」と敬礼の姿勢を取る。

「すぐに代官が参ります、少々お待ちを」

「もちろん」

代官は本当にすぐやってきた。待ち時間は一〇分もなかった。準備をしてあったとしても、この対応の早さは尋常ではない。なんだか不気味だ。

「やあやあ、お待たせした！」

現れるなり、代官はニコニコ顔で握手を求めてきた。彼女は平凡な風貌をした竜人騎士で、年齢は三〇手前といったところだろう。

「元代官のエルネスティーヌ・フィケだ。リースベンへようこそ！」

「アルベール・ブロンダンです」

握手を返すと、エルネスティーヌ氏は笑顔のままブンブンと腕を振った。上機嫌すぎて逆に怖い。なんだこの人は。

「お噂《うわさ》はかねがね！　お会いできて光栄だよ」

「どんな噂なのかはあえてお聞きしませんが、ありがとうございます」

男だてらに騎士などをやっているせいか、僕にはよろしくない噂がいくつも付きまとっている。『貞操を売って昇進した淫売』なんていうのが典型的だな。童貞のまま貞操が売れるとは思わなかったよ。詐欺の類か？

「ハハハ……正直に言えば悪い噂も聞いたことがあるがね、こうして顔を合わせてみれば、そんなものは根も葉もないデタラメだと理解できたとも」

「はぁ」

エルネスティーヌ氏は僕の背中をバンバンと叩きながら、ゲラゲラと笑った。騎士の正装ということで僕も板金鎧を着用しているから、とくに痛くはない。とはいえ、驚きはある。なんでこの人はこんなにハイテンションなんだ。困惑していると、頼りになる副官《ソニア》がずいと前に出てくる。

「元、と代官殿はおっしゃいましたが、まだ引き継ぎは終わっておりません」

「いや、確かにその通り。まだ一応私が代官のままだね。さあ、さっさと交代の式典をやろうじゃないか。さあさあ、さあさあさあ！」

手を振り回しながら代官は踵を返し、街の中へと戻っていってしまった。衛兵たちに一礼しつつ、慌てて僕たちも後に続く。やはり代官のこの態度は何かおかしい。ちらりとソニアの方に視線を飛ばした。

「あの女、消しますか」

「いきなり物騒すぎる」

ボソリととんでもない発言をするソニア。なんでいきなりそんな発想になるんだよ。こっちもこっちで、何を考えているのかさっぱりわからない。

「何か企《たくら》んでいる様子ですので」

「だからと言って直情的すぎる……」

普段はクールなのに、なぜこういう時は突然物騒な手段に出るのだろうか、この副官は。正直、本気で理解ができない……。

「確かにどうも臭うが、真意がわからん。とにかく、直接的な出来事がない限り荒っぽいことはするな」

「……了解いたしました」

暴発などされてはかなわないから、ソニアはしっかりと窘めておく。とはいえ、やはりエルネスティーヌ氏の態度はどうにも不審だ。警戒を怠るわけにはいかないな。

そんなことを考えつつ、正門をくぐる。その際、横目で門の構造を確かめておくことも忘れない。

土塁にはめ込まれるカタチで建造されたカルレラ市正門は、総木造の小さく簡素なものだ。観音開き式の大扉に内側からカンヌキをかけて封鎖する、ごくスタンダードな構造を採用している。

中央の城砦などでは、こうした門の上から鉄格子を落とす仕掛けが防御設備として一般化している。攻城兵器に対する防御力を上げるための工夫だった。

ところが、リースベンの門にはそうした機構は組み込まれていない。外界と街の内部を隔てるのは、分厚い木板が一枚きりだ。これでは、破城槌《つち》でもブチ込まれた日にはあっという間に大穴を空けられてしまうのではなかろうか？

……いや、そもそもエルフどもは破城槌なんて使うのだろうか？　そのあたりの手管を確認しないうちから、防御設備の方式を論じるのは時期尚早だな。

エルネスティーヌ氏には、こうした蛮族対策のノウハウについても引き継ぎを行ってもらいたいところだ。しかし、彼女がどこまで信用できるのかという問題もある。うーむ、考えるべきことが多くて困るね。

「良い町だろう？」

そのエルネスティーヌ氏の声が僕の思考を遮った。それに釣られ、僕の視線が街の中へと向けられる。

そこには、なかなか活気ある光景が広がっていた。まっすぐに続く大通りは、未舗装であるが十分に広い。その左右には木造平屋の家々が立ち並んでいる。

昼時だけあって、通りには多くの住人の姿があった。よく見れば、そうした人々の大半が若者だ。老人の姿はほとんどない。これはリースベンがまだ歴史の浅い開拓地だからだろう。

しかしそれらはほとんどが竜人で、他の種族は獣人が多少交ざっている程度だった。只人の姿はほとんど見えない。これは少しばかり良くない傾向だ。

只人以外の種族は一般に亜人と称されるが、彼女らは女性しか存在しないという特性があっ

た。つまり、生殖にはかならず只人の男性が必要なのである。

そんな重要存在である只人がまったくいないとなると、この街はよほどの女余りの状況にあると言えるだろう。これでは次世代が生まれず、時を経るごとに少子高齢化の傾向が強くなってしまう。早めに手を打つべき問題だな、これは。

「若さと力強さを強く感じます。個人的には、王都のような老成した雰囲気よりもこちらの方が肌に合っておりますね」

これは別にお世辞というわけではない。確かにカルレラ市は田舎だ。町並みも質素で、しかもなぜか灰を被ったように薄汚れている。しかし決して寂れているわけではなく、むしろ発展途上の逞《たくま》しさがあった。

「そうだろう、そうだろう」

ニコニコ顔で何度も頷くエルネスティーヌ氏。相変わらず不自然なまでに上機嫌だ。僕は密かに視線を彼女から外し、ちらりと大通りの方を窺う。

当然ながら、闖入者《ちんにゅうしゃ》である僕たちは住人たちの注目の的になっていた。とはいえ、遠巻きに眺めているだけで、近づいてこようともしない。興味半分、警戒半分といったところだろう。

正直なところ、あまり好意的な視線は感じない。むしろ、なんだか胡乱な者でも見るような目つきだ。この街では、住民と代官の関係はあまりよろしくないのかもしれないな。

「せっかくですから、この町についていろいろ教えてもらってもよろしいですか？」

「構わないとも」

情報収集がてらジャブを打ってみると、代官はにこやかに応じてくれた。しかし、すぐに困ったように頬を掻く。

「……とはいっても、さすがに王都のような大都市ではないからな。やっと教会の工事が終わったとか、パン屋のパン窯が新しくなったとか、その程度の話題しかないが」

「結構なことではありませんか。大きくない都市だからこそ、為政者の目も細部まで届くというものですし」

代官という役職は、王や領主に代わってその地を統治するのが仕事だ。いきなり大都市を任されても、僕では手に負えないだろう。というかそもそも、武官がそのまま統治を担当する制度そのものが、元現代人である僕から見るとだいぶ無理があるように感じるんだよな……。

まあ、とはいえしかし、郷に入っては郷に従えという言葉もある。この世界で軍人としての栄達を目指すなら、この手の仕事は避けては通れない。

「ハハハ……一理ある」

苦笑とも愛想笑いともつかない表情で、エルネスティーヌ氏は空虚な笑い声を上げた。

「とはいえ、決してこの町を治めるのがラクというわけではないぞ。何しろ町としての機能は未完成だ。喧嘩《けんか》や盗みは日常茶飯事、蛮族どもは嫌になるくらいちょっかいをかけてくる……」

その言葉だけは、やたらと実感が籠っていた。今までのむやみに明るい口調からは考えられないような暗い感情を感じる。これが代官の本音らしいな。

「ええ、ええ。肝に銘じておきます」

頷きつつも、周囲の警戒は怠らない。代官の仕事がたいへんなのは事実だろうが、なんらかの陰謀に巻き込まれる可能性も極めて高いわけだからな。それらを同時進行しなければならないと思うと、若干憂鬱な気分になってくる。

見た限り、住民たちの中に怪しそうな連中はいない。とはいえ、手練《てだ》れの諜報《ちょうほう》関係者ならば軽く観察しただけで尻尾を出すような雑な変装はしていないはずだ。万一誰かが襲い掛かってきた時にどう対応するかを、頭の中でシミュレートしておく。

「まあ、そんな話は落ち着いてからすればいいか。……そう大きい町ではないんでね。代官所はこの通りを抜けてすぐだ」

土が剝《む》き出しの大通りの向こうをまっすぐ指差し、エルネスティーヌ氏が言う。その指の先には、小さな堀に囲まれた木造の屋敷があった。砦と家を交ぜたような、ひどく無骨な施設だ。代官の住居兼仕事場となるこの施設は、いざとなれば町を守る最後の砦となる場所だ。魔物、蛮族、敵国といった様々な脅威に晒されている辺境らしく、実用一辺倒の荒々しい雰囲気を放っている。

「ぜひぜひ、いろいろと聞かせていただきたく。見ての通りの若輩者でありますから」

表面上だけは和やかにそう返す。この代官がどういうつもりなのかはわからないが、あえて喧嘩を売るような態度は避けたい。このリースベン地方をつつがなく治めるというのが僕の仕事なのだから、できるだけ波風を立てないように気を付けなければならない。

もっとも、僕の後ろに控えるソニアたちは全員臨戦態勢だ。ちらりとそちらを窺うと、完全に目が据わっている。厄介なことになりそうだなあと、僕は内心ため息をついた。

第三章　失踪

その後僕たちは代官屋敷へと案内され、代官交代に関わるもろもろの手続きを行った。これで、僕は晴れてこの地の代官となったわけだ。その後は歓迎会を兼ねてちょっとした酒宴が開かれ、久方ぶりのご馳走《ちそう》を味わうことができた。

何か仕掛けてくるのではと警戒していたものの、何事も起きないまま夜が過ぎてゆく。

仕方ない、そろそろ寝るかとベッドに入った途端のことだった。突然寝室のドアが激しくノックされ、飛び起きる。枕元に置いていたサーベルを引っ摑《つか》み慌てて出ていくと、そこには顔を青くしたソニアがいた。

「前代官殿が消えた⁉」

「はい……」

ソニアの顔には深い困惑の表情が張り付いていた。果断という言葉が擬人化したような性格の持ち主が彼女だから、これはよほどまずい事態が起きたのだと直感する。

「アル様のご指示通り、万一に備えて厳戒態勢は取っていたのですが……」

説明によれば、なんと前代官エルネスティーヌ氏は最低限の荷物だけを抱えて突然姿をくらましてしまったらしい。阻止する暇もない一瞬の早業だったそうだ。

「よもやの事態だな。不意打ちや暗殺には備えていたが、まさか夜逃げとは」

なぜ逃亡を阻止できなかったのか、と部下を責めることはしない。何しろ我々とエルネスティーヌ氏は（少なくとも表面上は）味方同士であり、大手を振って監視を付けるような真似はできなかった。

「人員や武器弾薬に被害はないんだな」

「はい、もちろんです。どうやらエルネスティーヌは、あくまで逃げただけのようですね。攻撃の類いは一切確認されておりません」

「よろしい、不幸中の幸いだな」

密かに安堵のため息をつく。エルネスティーヌ氏の行動は予想外だが、最悪の状況というわけではない。毒を盛られたり、あるいは寝込みを襲われるような事態にならなかっただけでもヨシとしよう。

「ひとまず、みんなを広間に集めてくれ。状況確認をしよう」

今夜は徹夜確定だな、などと思いながら命令を出す。本音を言えばふて寝を決め込みたいところであったが、さすがにそういうわけにもいかない。

その後はもう蜂の巣をつついたような騒ぎになった。会議室に臨時の対策本部を立て、事態の把握に努める。そうこうしているうちに、あっという間に朝日が昇ってきた。

「まさか、エルネスティーヌ氏どころかその郎党衆すら蒸発しているとはな。びっくりするくらい徹底してるじゃないか……」

ぬるくなった香草茶を飲み干してから、肩をすくめる。開けっぱなしにされた窓からは、初夏の爽やかな日差しが差し込んでいた。

状況は思った以上にひどかった。いなくなったのは前代官だけではなく、彼女の子飼い部下もまた忽然《こつぜん》と姿を消していたのである。

代官所の職員（宿舎で寝ていたところを叩き起こした）によれば、エルネスティーヌ氏の郎党は三〇人以上はおり、既婚者以外は兵舎で生活していたのだという。だが、僕たちが確認した時点で兵舎はもぬけの殻になっていた。

むろんエルネスティーヌ氏やその郎党の捜索は続けているが、今のところなんの手がかりも摑めていない。

カルレラ市のような小さな街にそれほど多くの隠れ場所があるとも思えないから、彼女らはすでに街の外へ逃げ延びているのではないだろうか。

「いくら夜とはいえ、これだけの人数が一度に動き出せば我々とて勘付きます。おそらく、郎党に関しては我々が代官所に訪れる以前にあらかじめ脱出させておいたのではないでしょうか？」

ソニアの指摘はもっともなものだった。兵士たちが寝起きする兵舎は、この代官所に併設されているのだ。ここで何かの動きがあれば、即座に対応できるよう手を打っていた。

「なるほど、計画的な犯行というわけだ。……で、消えたのは人間だけなのか？　夜逃げといえば、家財を持てるだけ担いでいくというのが常道だろうが」

「はい、案の定金庫の中身はカラでした。銅貨一枚残されておりませんね」

などと答えるのは丸眼鏡をかけた小柄な女だ。いかにも文官めいた風貌だが、剣を佩《は》き拍車付きのブーツを履いている。彼女こそ我が隊の会計担当、騎士ロザリーである。

「それから、帳簿の類いも根こそぎ消えています。こちらもメモ書き一枚残されてませんでしたよ。まったく徹底的ですね」

「そいつは面白い報告だな」

余裕ぶった態度でそう返すが、もちろん内心は穏やかではない。前任者が引き継ぎもせずに失踪したのも大概ヤバいが、帳簿がないのはもっとヤバい。これでは前例の踏襲すらできない。

いやはや、本当に参った。僕はこれまで軍人一筋で生きてきた人間であり、代官のような仕事を任されるのはこれが初めてだ。そんな初心者にこれほどのハードモードを押しつけるのは本当に勘弁してほしい。

「いくらなんでも手際が良すぎる。間違いなく、何日も前から入念な準備を重ねた上での犯行だろう」

口をへの字に曲げつつ、空になったカップを掲げて香草茶のお代わりを注文した。本当は茶より酒を飲みたい気分だが、さすがにまだ朝なので我慢する。

「まあいい、状況はわかった。問題は動機だな。一体全体、エルネスティーヌ氏はなぜこんなことをしでかした？　夜逃げはまだしも、資金の持ち去りは言い訳できないぞ」

代官による横領はかなりの重罪だ。場合によっては死刑もあり得る。むろん、そうは言っても現実には公金を懐に入れて私腹を肥やす不届き者も決して珍しくはないが。

だが、普通ならばそうした犯罪は隠れてやるものだ。今回の場合はそうではなく、誤魔化しようのないほどド派手にやらかしてくれている。とっ捕まえてお上に突き出せば、エルネスティーヌ氏は問答無用で有罪になるだろう。

「そもそも、リースベン赴任自体がオレアン公の差し金なのですから。ここで起きたトラブルも、やはりあの老害公爵の手引きと考えるのが自然ではないでしょうか」

そう指摘するソニアの声にはたいへんなトゲがある。今回の出来事がよほど腹に据えかねている様子だった。

「確かに、公爵閣下ともなればエルネスティーヌ氏とその一党をかくまう程度は容易だろうが」

頷いてみせる僕だったが、内心はそれほど納得していなかった。王国屈指の重鎮が、僕のような小者を叩き潰すためだけにそんな回りくどい手を使うだろうか？　もうちょっと楽に始末できる方法もありそうなものだが。

「どうですかね？　案外、もっとしょうもない理由かもしれませんよ。たとえば借金で首が回らなくなって、代官交代のドサクサに紛れて夜逃げしちまったとか」

などと言い出したのは、短い金髪と小麦色の肌が健康的なちょっとチャラい雰囲気の騎士ダニエラだった。余計な発言をしては折檻《せっかん》を喰らっている問題児である。

「借金？　あるいはそうかもしれんな。……ところでダニエラ、貴様の借金はいつ返してくれるんだ。まさか、エルネスティーヌ氏みたいに職場のカネをポケットに突っ込んで逃げてしまう気じゃなかろうな」

ニヤッと笑ってそう言い返してやる。このダニエラは、僕から少なくない額の金を借りているのだ。ちなみに、使い道はもっぱら娼館《しょうかん》らしい。上司から借金して風俗に通うんじゃないよバカヤロウ。

「バカ言っちゃいけませんよ。こう見えてアタシは法律に詳しいんでね、合法的に借金を踏み倒す方法だって知ってるんです」

「自己破産制度を悪用するんじゃないよ」

「あ、なら三倍にして返すってのはどうッスか。でも今ちょっと種銭がなくてですね、少しばかり貸してもらえると……イデッ⁉」

ソニアが無言で阿呆の頭を殴った。我が隊では鉄拳制裁は禁止されているのだが、まあダニエラが相手なのでヨシとする。

「このバカはさておいても、金銭がらみの問題を抱えていた可能性は十分にあります」

思案顔のロザリーが、手元のメモ帳をめくりつつそう主張した。この小柄な騎士は、こと金勘定のことになると我が隊でもダントツに優秀だ。当然、正道はもとより裏道についても知り尽くしている。

「単なる横領ならば帳簿を書き換えるだけである程度誤魔化せます。あるいは、後任たるアル様にそれなりの額を握らせるという手もありますよね」

「アタシはカネよりアル様の股間の剣を握りてぇなぁ」

ソニアがダニエラを殴った。

「そういう小手先のやり方ではなんともならないレベルの悪事を働いていた可能性がある、ということか」

「ええ、あくまで想像ですけど」

躊躇なく夜逃げをしなきゃいけないくらいの悪事か。どういう代物があるかな？

「もしかしたら、内通やも。これならば、エルネスティーヌが逃げた先にも見当がつきます」

ギリギリとダニエラを関節技で絞め上げていたソニアが、ふと思いついた様子で意見してくる。なかなか鋭い意見だった。

「神聖帝国か」

神聖帝国、正式名称・神聖オルト帝国は我らがガレア王国と国境を接する大国だ。この両国は歴史的に仲が悪く、たびたび衝突している。いわばライバル国家だな。

ちなみに、このリースベンも一応神聖帝国と国境を接している。リースベンは北以外の三方を海に囲まれた半島なのだが、北西側が王国領、北東側が帝国領になっているのだ。

考えてみれば、リースベンって結構ヤバい立地だな。今はまだ利用価値のない辺境だから捨て置かれているが、なんらかのキッカケで両国の火薬庫となってしまいかねない気がする。

「確かに、エルネスティーヌ氏が神聖帝国から調略を受けていたとすれば一連の挙動にも説明がつく。内通の露見を恐れた彼女は、その縁をたどって帝国へ亡命してしまったわけだ」

筋の通った推理だな。もっとも、筋が通っているからといって事実とも限らないが。しかし、今手元にある証拠だけでは、これ以上の推論ができるとも思えない。

「冗談じゃない！　神聖帝国なぞに逃げ込まれたら、罪を償わせることができなくなるじゃないですか。裏切り者が悠々と太陽の下を歩くなんて、許されることじゃありませんよ！」

「隊長！　今なら間に合います！　追撃命令を！」

「我々にケンカを売ったことを後悔させるべきです。拷問の上、晒し者にするべきかと！」

亡命という言葉に、部下の騎士たちが一斉に怒りの声を上げた。エルネスティーヌ氏のしでかしたことを腹に据えかねているのだろう。

確かに、エルネスティーヌ氏を捕縛したいというのは僕も同感だった。何を思ってこんなことをしでかしたのか尋問したいところだからな。しかし、悲しいかな彼女の逮捕は現実的ではなかった。

「いや……そういうわけにもいかない。悠長にエルネスティーヌ氏の捜索なんかしてたら、行政機能が麻痺《まひ》したままになってしまう。そうなれば、市政に与える悪影響は甚大だぞ」

僕の任務は、あくまでこの地を穏当に治めることだからな。目先のことにとらわれて、本来の目的を見失うわけにはいかん。大切なのはあくまで市民の生活を守ることだ。

「……こんなこともあろうかと、マニュアルを用意してある。とにかく今は、代官とその一党としての仕事に注力しよう」

まさかここまで派手に夜逃げされるとは思わなかったが、現地の役人が非協力的であることは予想していた。なので、アデライド宰相に頼み込み、人員やらマニュアルやらを用意してもらっていたのだ（そしてその代償に僕は尻を揉《も》まれた）。それで最低限はなんとかなるはずだ。

「エルネスティーヌはいったん無視する、ということですね。承知いたしました」

不満顔の部下たちを鋭い目つきで牽制《けんせい》しつつ、ソニアが総括する。彼女の足下には泡を吹いたダニエラが倒れ込んでいるから、表だってこの鬼の副長に文句を言うような者は誰一人いなかった。

「しかし、えてして悪いことは重なるものです。前代官殿の件が神聖帝国絡みだとすれば、かの国がちょっかいを出してくる可能性もあるでしょう。更なる状況悪化に備え、ある程度の準備をしておくべきと具申いたします」

耳の痛くなる忠言だな。現状でもメチャクチャしんどいのに、これよりさらにひどい事態になるなんて考えたくもない。思わず口元が歪みそうになり、香草茶を飲んで誤魔化す。

「キツイ冗談だな、と言いたいところだが残念ながらその通りだ。最悪の事態には備えておくことにしよう。それが軍人の仕事でもあるわけだし」

事件に隣国が絡んでいるのなら、場合によってはちょっとした小競り合いくらいは起きるかもしれん。いざ戦争、となったら即座に対応できる態勢を構築しておこう。

王国と神聖帝国はもう何十年も大きな戦争はしていないが、地方領主同士の小規模紛争は毎年のように起きている。リースベンでも同様の事態が発生する可能性は十分にあるだろう。

「やれやれ、人手がいくらあっても足りないな。どうにかして人員を調達する方法を考えておいた方が良さそうだ」

任地が任地だから、容易な仕事でないことは最初からわかっていたが……まさか、初手からここまで躓《つまず》くとは。まったく予想外だ。僕はため息をつき、それから部下たちに矢継ぎ早に指示を出し始めた。

◇◇◇

僕たちの勤める代官所の隣には、木造二階建てのそれなりに大きな施設が置かれている。一見田舎の公民館のようにも見えるその施設の正体は、カルレラ市の市議会棟であった。

封建制が幅を利かせているこの世界だが、都市や村落の自治組織は一応は民主的に運営されていることが多い。とはいっても普通選挙が実施されているわけではなく、実質的には地元有力者の寄り合いのようなものだった。

昼食時をやや過ぎた頃、僕はソニアを伴いこの市議会を訪れていた。代官就任の挨拶と、行政業務に関する協力を要請するためだった。

何しろ我々は市政に関してはまったくの素人で、おまけに前任者が過去資料ごと失踪している。この状況を独力で解決する自信は僕にもなく、地元有力者に助けを求めようという話になったわけだ。

「単なる代官の交代でなぜそんなトラブルが発生するんだ！」

「国の問題は国で解決してちょうだい。私たちにはなんの関係もないのだから」

「そもそもなぜ男が代官に任命されるんだ！　我々を舐めているのか！」

事のあらましを市議らに説明すると、返ってきたのは罵声の嵐であった。予想通りの反応すぎて笑えてきたが、それを表情に出すと更なる反感を買うので我慢する。

代官というのは名目上、女王陛下の代理人ということになっている。しかし、その代官である僕に対しても、市議たちはまったく敬意を払う気がないようだ。

これはアデライド宰相から聞いた話なのだが、都市の自治組織というのは総じて反抗的なのが普通らしい。なんと、君主を相手に直接否を突きつけてくることもあるとか。

言われた時にはピンとこなかったのだが、なるほどこれがそうか。なんでこんなことになっているのかはイマイチよくわからないが、経営者と労組の関係に近いのだろうか？

なんにせよ、頭ごなしに命令しても従ってくれる連中ではなさそうなのは確かだ。僕の性別が男であることも、おおいに悪影響を与えている気もする。

「諸君らの不満はもっともだが、今は緊急時だ。市民に迷惑をかけないようにするためにも、どうか協力をお願いしたい」

むろん僕にも言い返したい気持ちはあるのだが、そんなことをしても事態が改善するわけじゃないからな。平静な声を心がけつつ、そう窘める。

「聞いたところによれば、衛兵隊も機能不全に陥っているらしいじゃないか！　悪党どもがそれに勘付いてみろ、盗みも殺しもやり放題になるぞ！」

「その通りだ！　代官殿は、一体どう責任を取るおつもりか！」

が、市議たちはまったく聞く耳を持ってくれない。いやはや、参ったねこりゃ。

「何人か見せしめにしましょう。ご命令をいただければ、今すぐ実行いたしますが？」

ソニアが、耳元でぼそりと呟く。その目は先ほど「男風情」と言い放ったガタイのいい竜人の市議に向けられていた。

うちの副官は有能なのだが、暴力で何もかも解決できると思っているフシがある。そういう物騒なのは良くないよ、やっぱり。

「駄目に決まってるだろ」

とはいえ、ここまで舐められたままでは仕事にならない。僕は薄く笑い、腰のホルスターからリボルバーを引っこ抜いて天井に向け発砲した。

乾いた大音響が会議室に響き渡る。ほとんど全員が反射的に耳を押さえ、一歩下がった。効果は抜群だな。

「──いったい何をするんだ！　いきなり！」

市議の一人が顔を真っ赤にして吠《ほ》えたが、僕は気にせず撃鉄を起こし、もう一発撃った。彼女は赤かった顔を青くして、腰を抜かす。

実のところ、僕が撃ったのは空砲だ。実弾をぶっ放したら、天井に大穴が空くからな。跳弾《ちょうだん》で怪我人《けがにん》でも出たら話し合いどころではなくなるので、当然の措置だ。つまり僕は最初からこういう手段に出るつもりだったのである。

「失礼」

先ほどまでの喧騒《けんそう》から一転しんと静まり返った会議室の中、僕は市議らに笑いかけた。誰も彼もが驚きの表情で僕を見ている。

いやー、気持ちが良いね。前世の頃にこんなことをやったら、免職だけじゃ済まなかっただろうな。

でも、現世ならぜんぜんセーフだ。治安が悪いのが平常運転のこの世界では、暴力行使のハードルは著しく低かった。それこそ、場合によっては〝切り捨て御免〟すら許されるほどである。

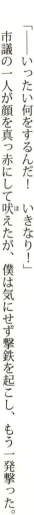

「事態は一刻を争う。あなた方の言う通り、この町の秩序は破壊されようとしているわけだからな。余計な問答で時間を浪費している余力などない」

「き、貴様……」

市議の一人が非難がましい声を上げた。しかし、その視線は僕の右手に握られた拳銃に釘付けになっている。

「いかにも、この状況を招いたのは僕の不徳のいたすところだ。しかしだからこそ、これ以上の情勢悪化は看過できない」

拳銃をホルスターに戻しながら、僕は前へ一歩踏み出した。

市議たちは何かを言いたげな様子だが、少なくとも先ほどまでのようなマシンガンじみた文句は言ってこない。銃から吐き出された濃密な白煙を手で払いつつ、僕は言葉を続ける。

「悪いことはえてして重なるものだ。この混乱に乗じてゴロツキどもが騒ぎを起こす可能性もあるし、あるいは蛮族どもが略奪にやってくるかもしれない」

「……」

もともと不安定な情勢下にあるド辺境だ。僕が語ったような出来事が実際に発生する可能性はかなり高い。市議らの表情が露骨に強張《こわば》った。

「それに、北の山脈の向こうにある国は、ガレア王国だけじゃない」

「神聖帝国……」

「そう、あの獣人たちの国だ。天性の狩猟者である彼女らの目の前で隙を晒したらどうなるか……想像するまでもないだろう？」

まあ、このリースベンにわざわざ侵略するほどの魅力があるかどうかといえば、結構怪しいところだがね。しかし、エルネスティーヌ氏の内通疑惑もある。万一には備えておいた方が良いだろう。

「ちょっと待ちな」

鋭い声が僕の発言を遮った。先ほど「男風情」と言い放ったあの竜人だ。ずいぶんと筋肉質な体つきをしているから、おそらく本職は鍛冶屋か何かの親方かもしれない。

「ゴロツキに神聖帝国、ね。ふん、このリースベンではそんな連中なんて大した脅威じゃあない。問題は蛮族連中、つまりはエルフだ」

そう言ってマッチョ市議はこちらをジロリと睨み付ける。値踏みするような目つきだった。ソニアがズイと前に出る。威圧感に満ちたその所作には、今にも剣を抜き放ちそうな迫力があった。これにはさすがのマッチョ市議も怯《ひる》んだようで、思わず一歩下がってしまう。

「やめないか」

市議たちも大概だが、ソニアもソニアなんだよな。というか、この世界の人々の大半がこんな感じだ。基本的にみな沸点が低いし、すぐ暴力に訴えようとする。元日本人の僕にはちょっとついていけないノリだった。

「エルフか。噂はかねがね聞いているが、そんなに厄介な奴らなのか」

「厄介どころの話じゃないさ。凶悪で狡猾《こうかつ》、そして精強！　悪鬼羅刹《あっきらせつ》とはああいう連中のことを言うんだろうな」

吐き捨てるようなマッチョ市議の言葉に、他の市議らも一斉にウンウンと頷いた。新米代官を脅かすための演技、という感じではない。みな、異様なまでに苦々しい表情を浮かべている。

どうやら、リースベンの民はエルフによほどの恐怖を抱いているらしい。一度や二度煮え湯を飲まされた程度ではこうはならない。なんだか嫌な雰囲気だ。

「なるほど。君たちの言い草から察するに、これまでの代官たちは対エルフ戦ではまったく役に立っていなかったと見える」

市議らの口ぶりには代官や中央の人間に対する不信感が滲《にじ》んでいる。歴代の代官がキッチリこの地の防衛義務を果たしていたのなら、さすがにこういう言い方はしないだろう。

「そりゃそうだ。先々代、三代前、四代前の代官は、エルフどもをナメてかかって最初の防衛戦で戦死した。それだけならまだしも、死体ごと持っていかれて晒し首にされる始末だ」

マッチョ市議は嫌悪感に満ちた表情でそう説明する。リースベンの代官は三連続で戦死している、という話は僕も以前聞いていたが……なるほど、それは真実だったらしい。

「エルネスティーヌ氏は無事に任期を終えているが……」

「当然だよ。あの女は、エルフが街にちょっかいを出してきても代官所に籠もって震えているばかりだったからね。戦場に立ちもしないんだから、死ぬはずがない」

「うわ、すっごいドクズ。仕事しろよ仕事」

思わず本音が漏れると、市議らが一斉に苦笑した。彼女らも僕と同感らしい。

任地の防衛は代官の基本的な任務の一つだ。それを放棄して引き籠もってたなんて、中央に知られれば即解任の上職務放棄罪で逮捕されることになる。本当に何をやってるんだエルネスティーヌ氏は。

「つまり、エルネスティーヌ氏が遊んでいる間、君たちは独力でこの街を守っていたわけか。素晴らしい手腕だな」

こうした街の防衛戦力には二種類ある。領主や代官の率いる正規軍と、市民たちが独自に編成した自警団だ。

当たり前だが、戦闘の主力となるのは前者の正規軍だ。装備の面でも訓練の面でも、市民自警団などとは比べものにならないほど強力だからな。

しかし、その正規軍を指揮するべきエルネスティーヌ氏が職務を放り出してしまったわけだ。その抜けた穴は、自警団が頑張って埋めるほかなかっただろう。

ちなみに、こうした自警団の指揮や監督を担当するのはその街や村の議会や参事会ということになっている。つまりは今僕の目の前にいる皆様というわけだ。

「……ふん」

ところが、僕の賞賛に対しマッチョ市議は気まずげな様子で目を逸らしてしまった。他の市議もどうにも居心地の悪そうな雰囲気である。

「なんにせよ、代官とその軍勢が役に立ったことなんてこれまで一度もなかったんだ。そんな連中にデカい顔をされる筋合いはないね」

あげく、露骨に話を逸らし始める始末。これは怪しい、かなり怪しい。小さく息を吐いてから副官を見やると、彼女は沈痛な面持ちで頷き返してきた。

防衛戦が上手くいっているのなら、市議連中はもっと堂々と功を誇るはずだ。しかし、実際の彼女らはどうにも歯切れが悪い。

こりゃ、防衛に失敗してるな。大方、貢ぎ物か何かを差し出して見逃してもらう契約でもしてるんだろう。うーん、予想以上にひどい状況だ。

「じゃあ、この街で一番大きな顔をしているのは誰なんだ。もしかしてエルフか?」

探りを入れてみると、市議たちは一斉に押し黙ってしまった。ああ、こりゃビンゴだな。うへえ、マジかよ。冗談きついぜ。

「ふむ、これはいけないな。つまり代官所に掲げられている王家の旗はただの飾りということか。女王陛下に忠誠を捧げる騎士として、この状況を座視しているわけにはいかん」

実のところ、僕は王家に対してそこまで強烈な忠誠心を抱いているわけではない。軍人の仕事は市民の安全と安心を守ることであって、特定個人の私利私欲のために働くことではないと考えているからだ。

とはいえ、だからこそカルレラ市のこの状況は認めがたいものがある。蛮族だかエルフだか知らんが、市民に害を為《な》すのであれば蹴り飛ばしてやらねばならない。

「やめろ！　余計なことはするな！　やっとのことであの地獄から解放されたんだぞ！」

マッチョ市議は色めき立って叫んだ。

「確かにエルフどもは気に入らねぇが、メシとオトコを渡しておけばとりあえず大人しくなるんだ。よそ者風情にひっかき回された……」

「おい！」

マッチョ市議の言葉はその同僚によって遮られたがもう遅い。語るに落ちた、というヤツだな。やはりカルレラ市はすでに蛮族に膝を屈しているらしい。

「それは聞き捨てならないな。メシとオトコと言ったか？　諸君、もしやエルフどもと不埒《ふらち》な約束を交わしたのではなかろうね」

「お前には関係のないことだろう……」

敵意の篭もった目つきでこちらを睨み付ける市議たちだったが、そこで突然室内に轟音が響く。ソニアが椅子を蹴飛ばしたのだった。

竜人の中でも特別に体格と膂力に優れるソニアによって蹴られた椅子は、原形もとどめないほどに粉々に砕かれている。その圧倒的な破壊ぶりに、市議らは言葉を失っている様子だった。

「隠し事はよくない。とてもよくない。なぜならウチの副官はたいへんに気が短いからだ」

ニッコリ笑ってそう言ってやると、とうとう市議らも観念して事情を話し始めた。

曰《いわ》く、カルレラ市議会とエルフとの間では一〇年以上も前にとある密約が結ばれたのだとい
う。内容はごく単純で、市が定期的に食料と若い男子を提供する代わりに、エルフ側は安全を提供するというものだ。

生贄《いけにえ》と供え物を差し出して安全を買うなんて、まるで荒神を鎮める儀式のようだ。あまりの胸くその悪さに、僕とソニアは揃って嘆息した。

その上、エルフ側はかならずしもこの契約を遵守しているわけではなかった。いまだに街は散発的な襲撃を受けており、エルフどもは気まぐれのように乱暴狼藉を働いてから悠々と森に帰っていくのである。

彼女らの話を聞く限り、エルフというのは化け物じみて強い連中のようだな。兵士ひとりひとりが剣や弓、そして魔法を自在に使いこなし、その時々に応じた最適の戦い方をしてくるのだという。

彼女らは只人や竜人よりも遥かに長い寿命を持つ長命種であり、その長い人生をかけて武芸を磨き上げている。我々のような短命種がこうした連中に対抗するのは容易なことではない。

「なぜ、約束も守らぬ連中の言うことを聞くのだ」

腹に据えかねた様子のソニアが、市議を詰問する。しかし、彼女らはすべてを諦めたような表情を浮かべ首を左右に振った。

「それでも、昔よりは遥かにマシになった。この契約を結ぶ前はまともな暮らしができるような状況ではなかったのだ」

それを聞いた我が副官は市議連中を怒鳴りつけようとしたが、実際に声が出るよりも早く僕が制止した。

「やめろ、ソニア。今さらどうこう言ったところで仕方のないことだ」

僕とて、市議らの選択に異論がないわけではない。しかし、当事者たちが自ら選んだ道なのだ。部外者である我々がそれを居丈高に非難したところで、建設的な議論にはなんら寄与しない。

「しかし、これまでのことはさておいても、これからはあまり勝手なことをされては困る。むろん都市の自治権を侵すつもりはないが、この地の統治者はあくまで我らが女王陛下なのだ」

とはいえもちろん釘を刺すことも忘れない。百歩譲って、エルフどもに食料を供出するのは良いだろう。しかし、人間までも引き渡すというのは許せない。ここはなんとしても是正せねば。

しかし、先日のオークといい今回のエルフといい、ああいう連中は本当に若い男を略奪していくのが好きだな。

亜人には女性しか存在せず、繁栄していくには只人の男性が必要不可欠であるという理屈はわかるのだが……前世の感覚を残した僕としては、どうにも馴染めない。

「我々の方で、エルフとの再交渉を行う。せめて、生贄の要求だけは止めなくては」

「ふん。以前の代官にも、似たようなことを言っていたヤツは少なからずいたよ」

揶揄するような口調でそう言ったのは、しわくちゃの老市議だ。

「しかし、そういう手合いは例外なく殺された。余計な正義感は身を滅ぼすよ」

「ましてや、アンタはオトコだ。殺されるだけならまだいいが、それよりひどい目に遭うだろうな。一生エルフの性奴隷にされるとか」

それに同調したのはさっきのマッチョ市議だ。しかし、エルフの性奴隷とは刺激的な単語だな。エルフ族が前世の知識通りの美しい森の精じみた種族ならば、そういうルートも悪くはない気がしてくるから困る。

「僕がエルフに後れを取ると？」

「当然だ、歴代の代官はみな失敗しているんだから。それに、政《まつりごと》やいくさは女の仕事だ。オトコが首を突っ込んでいいことじゃない」

マッチョ市議の言葉は辛辣だ。

「そのウドの大木に守られて調子に乗っているのなら、今すぐ改めた方がいい。ウチの自警団にだって、その女よりもデカくて力の強い腕自慢がいるんだ。だが、ヤツですらエルフの相手は厳しい」

節くれだった指でソニアを指し示しつつ、唾を飛ばして熱弁するマッチョ市議。当然ウドの大木呼ばわりをされた我が副官の機嫌は加速度的に悪化していったが、視線を送って暴発を制止しておく。

「そもそも、オトコがどうやって騎士様になったんだろうね。主君に竿《さお》でも売ったのかい」

こちらが引いたと見たのか、老市議がさらに押し込んでくる。竿を売ったってなんだよ、竿竹屋か？　下品な婆さんだなあ。

こうなるともうソニアはブチギレ寸前で、「……すぞ」などと物騒なことを呟いている。

しかし、言われた本人である僕としては、この程度の揶揄などもう慣れたものだ。男の身の上で騎士などやっていると、周囲の反発も尋常なものじゃないからな。

「騎士として、その発言は見過ごせないな」

だがだからといってスルーはできない。なぜならこの世界において、貴族や騎士にとってのメンツというのは命以上に重要視されているからだ。

その理由はなんとも野蛮で、公然と侮辱されてもやり返せないような貴族は周囲から何をされても文句が言えないからである。まるでヤクザみたいな理論だよな。

「見過ごせないつったって、どうする気だよ。まさか、喧嘩でもふっかけてくる気かい。やめとけやめとけ、こっちの手勢は一〇〇人以上いるんだぞ？」

ソニアにビビリまくっていたくせに、マッチョ市議はなかなかの強気だった。手勢というのはもちろん自警団のことだろう。市議会などの自治組織が妙に反抗的なのは、こういう独自戦力を背景にしてのことなのだ。

というか、この規模の街で自警団の人数が一〇〇人超えてるの？　めっちゃ多いな……普通ならその半分以下だと思うんだが。それだけの頭数を揃えなきゃやっていけないほど物騒な土地ということかね？

「我が隊の騎士たちはいずれも一騎当千のつわものだ。雑兵など何人いようが大した脅威にはならない」

虚勢を張っているわけではない。配下の騎士たちは苛烈な訓練と実戦を乗り越えてきた精鋭たちだ。雑兵どころか、騎士くずれが相手であっても一方的に叩きのめす程度の実力は持っている。

「しかし、ここで我々が相争っても喜ぶのは敵だけだ。ここは平和的に、一対一の決闘で雌雄を決することにしようじゃないか」

決闘のどこが平和的だよと思わなくもないが、野蛮なこの世界では郎党を巻き込んだ大規模な私戦など日常茶飯事だ。そういう意味では、一対一のタイマンは十分に文化的と言えるだろう。

「副官の後ろに隠れている情けない隊長、などと後ろ指は差されたくないからな。今回は僕自ら剣を取ろう。君たちは、くだんのソニア以上の腕自慢とやらを連れてくるがいい」

できるだけ小憎たらしい表情をつくってそう言ってやると、市議らは一斉に顔を真っ赤にして憤慨した。

「ずいぶんと鼻っ柱の強い兄ちゃんじゃないか。良いだろう、乗ってやるよ。後で泣きを見るんじゃねえぞ」

拳を振り上げて叫ぶマッチョ市議に、他の市議らも口々の賛意を示した。まったく、血の気の多い連中である。

よしよし、上手くいったな。実のところ、この状況は僕が意図して作り上げたものだった。もちろん、挑発的な言動もわざとである。

このままでは、市議会は僕の言うことなどまったく聞いてくれないだろう。我々にエルフと渡り合うだけの実力があることを示し、彼女らの意識を変える必要がある。決闘はそのための良い機会であった。

◇◇◇

決闘の会場には、市議会棟の門前が選ばれた。もちろんここは町の中心部だから、騒ぎを聞きつけて無関係の野次馬どもも集まってくる。僕たちはたいへんに悪目立ちしていた。

「へえ、男騎士か。実在してるんだな」

僕の対戦相手、つまりはくだんの〝自警団いちの腕自慢〟とやらは、身長二メートルオーバーの熊獣人であった。丸底鍋のような兜と小札鎧の胴甲冑《かっちゅう》を身にまとったその姿は威圧感に満ち、まるで人のカタチをした要塞のようであった。

獣人というのは読んで字のごとくケモノの特性を持った亜人種のことで、彼女の場合は頭に生えた小さな丸耳や、その小太りした体格などが特徴として現れている。

我らがガレア王国は竜人の国と呼ばれているが、彼女らのような獣人も少なからず居住している。中央から離れれば離れるほど、獣人の比率は増えていく傾向にあった。

「僕も自分以外の男騎士は見たことがないな」

「そりゃ、男に騎士なんてムリだからよ。お前らの仕事なんか、女相手に腰を振ることだけさ」

侮蔑に満ちた目つきでこちらを眺めつつ、熊獣人は嘲りの言葉を口にする。こっちも女相手に腰を振りてぇよ！　好き好んで童貞やってるんじゃねえぞ！

内心キレそうになる僕だったが、僕よりもっとキレている奴がいた。ソニアだ。僕の真後ろに控えた彼女が周囲に聞こえないような声で「ミンチにしてやろうかあの女……」などと呟くものだから、かなりの恐怖を感じる。

「僕に騎士が務まるだけの実力があるかどうかは、これからわかることだ」

あからさまに馬鹿にされてはいるが、まあいいさ。貴族的にはナメられるのはよろしくないが、実際に殴り合う段階になればむしろ侮られているくらいがちょうどいい。油断は致命的な隙に繋がるモノだからだ。

……だから飛び掛かっていきそうな表情をするのはやめてくれ、ソニア。僕の代わりにお前が戦ったら、話がややこしいことになる。なので、僕は彼女の侮蔑を軽く受け流し挑発的な笑みを返した。

「随分と生意気な男ッスねえ！　アネキにボコボコにされてヒィヒィ泣いてるのを見るのが楽しみッスよ！」

そう言って騒ぐのは、熊獣人の腰巾着の少女だ。耳やくるんとカールした尻尾を見るに、こちらはリス獣人のようだ。小動物めいた外見で、思わずホンワカしてしまう。可愛《かわい》いね。

「そりゃいいな。……よし。おい、男騎士さんよ」

「なんだ？」

熊獣人がニヤリと笑い、こちらを見る。その目つきはひどく好色だ。聞き返してみたものの、何を言い出すのかは予想がつくな、これは。

「お前、童貞か？」

「……そうだが」

僕の言葉に、見物していた市議たちや野次馬どもがどっと湧いた。公衆の面前で童貞をカミングアウトさせられるとか、どういう罰ゲームだよ。

しかし、誤魔化すわけにもいかない。この世界の貴族階級は男の貞操をたいそう重視している。へんに言葉を濁して非童貞なんて噂がたったら、今後の婚活に差し障りがある。

「へえ、いいじゃないか。アタシが勝ったら、一晩抱かせろ」

いや、僕にとってもご褒美なんだけど、それ。何しろ、この世界の顔面偏差値はやたらと高い。スケベなことを言い出したこの熊獣人も、かなりのワイルド系美女だ。僕はどちらかといえば小柄な女性が好みなんだけど、それはそれとして彼女に抱かれるならアリ寄りのアリなんだよな。

「……ッ！」

一瞬『試合が始まった瞬間降伏しようかな』などと考えていた僕だったが、無言でブチ切れたソニアが自分の剣の柄を引っ摑んだものだからたまらない。慌てて前へ出ようとした彼女をブロックする。

「抑えろ抑えろ！」

「しかし……！」

「これは僕個人の戦いだ。手を出してもらっては困る」

「……はっ！」

短気ではあっても、ソニアも軍人だ。しっかりと念押しすれば、不承不承でも従ってはくれる。凄まじく不本意そうな表情で、彼女は敬礼をした。

ほっと胸を撫でおろし、熊獣人殿の方へ向き直る。とにかく、今はこのいかにも強そうな戦士を、僕が倒すというデモンストレーションが必要なんだ。

いかにも一流の騎士といった様子のソニアでは、熊獣人に勝ったところでインパクトはない。それに、部下を代わりに戦わせる軟弱者だ、やはり代官にはふさわしくない……という風評が僕に付きかねないからな。ここは彼女に任せるわけにはいかないだろ。

「いいだろう。その条件を認めよう」

万一負けても、ご褒美があると思えばなんだか嬉しくなってくるんだよな。専用CG見たさにエロゲでわざとバッドエンドルートに入りたくなるような、危険な魅力を感じる。

とはいえ、僕は転生者であってループ能力者じゃないからな。ルート確認のためにわざと負けるような真似は、さすがにできない。滅茶苦茶残念だ。

……いや、童貞歴が長すぎてちょっとおかしくなってないか？　僕。結婚適齢期に入ったのに、全然お相手が見つからないからストレスが溜《た》まっているのかもしれない。体目当てのヘンな奴らは集まってくるのになあ……。

「一応聞いておくが、あんたが勝ったらどうする？　今ならどんな条件でも頷いてやるぜ」

「では、先ほどの暴言についてしっかり頭を下げて謝罪をしてもらおう。僕は勝って当然の勝負で無体な要求をするほど恥知らずな人間ではないからな」

「勝って当然だと？　ナメやがって……ふん、このアタシを馬鹿にした報いはベッドでしっかり受けてもらうよ」

僕、負けたらどんな風になるんだろうね。すごく興味があるんだが。

「ヴァルブルガ、手前が負けたらあたしまで頭を下げなきゃならなくなる。油断するんじゃないぞ？」

そばで見物していたマッチョ市議が文句を言う。しかし、その口調は冗談めかしたものだ。ヴァルブルガというらしいこの熊獣人自警団員が負けるとは、まったく思っていないのだろう。

「ははは、まあ見といてくださいよ、親方。この調子に乗った男に、身の程ってヤツをわからせてやりますから」

ニタニタと笑って、片手に握った訓練用木剣を軽く振った。標準的なロングソードサイズの木剣ではあるが、彼女が持つとショートソードのように見えるからすごい。

一般的な決闘ではもちろん真剣を用いるのが常識だが、今回は両者ともに木剣を使用することで合意している。やりすぎて相手を殺《あや》めてしまっては、お互いに困ったことになってしまうからだった。

「しかし、裏族《りぞく》の男を抱くのは初めてだ。なかなか楽しみだな」

裏族というのは、亜人貴族に養われ、そこと同じ家名を名乗ることを許されている只人の一族のことだ。この裏族に男児が生まれると、貴族はこれを自身の養子として迎え入れる。

この世界の貴族のほとんどは亜人だが、亜人は女性しか存在しない種族だ。結婚相手として身元の確かな男性を安定供給するためには、こうした制度は必要不可欠のものであった。

とはいえ、裏族はハッキリ貴族と区別されている。あくまでウラの存在、表舞台に立たせてはいけない、ということだ。

「僕は裏族じゃない、貴族だぞ」

しかし。僕は裏族ではなく貴族の出身だ。只人の貴族は珍しいが、それ故に裏族扱いするのは最大限の侮辱となる。現代人の価値観を引きずった僕ですら多少カチンとくるのだから、これが母上なら試合なんてことを忘れてドタマをカチ割りに行っているだろう。

「そうかい。ま、裏族だろうが貴族だろうが、抱けるんならなんでもいいけどよ」

僕が否定しても、相手はニタニタ笑いをやめない。そのまま木剣を振り上げ、その切っ先を僕へ向けた。

「一応、名乗りをしておこうか。アタシはヴァルブルガ・フォイルゲン。元は流しの用心棒だが、今はランドン市議殿の下で自警団隊長として働かせてもらっている」

ランドン市議というのは、あのマッチョのことだろう。

「女王陛下に仕えし騎士にして、デジレ・ブロンダンが長男！　アルベール・ブロンダンである！」

僕も名乗り返し、木剣を構える。切っ先を真上に向け、顔の真横で柄を握る独特の構えだ。

一方、ヴァルブルガ氏といえば剣先は地面に向いており、全身だらりと脱力している。一見まったくやる気がないように思えるが、これはカウンター狙いの実戦的な構えだ。いかにもパワーファイター然とした彼女だが、どうやら力任せに暴れ回るような単純な戦士ではないらしい。自警団長は伊達ではないということか。

「両者、よろしいですかな？」

立会人役の市議が、僕とヴァルブルガ氏に確認する。僕はコクリと頷き、対戦相手を見据えた。

こうしてみると、僕と彼女の体格差は尋常なものではない。まるで大人と子供だった。小柄で華奢な僕から見れば、ヴァルブルガ氏は縦にも横にもデカい。本物の熊と相対しているような錯覚すら覚える。

……いや、前世のアラスカ狩猟旅行中に遭遇したグリズリーは、彼女より遥かにデカくて重くて俊敏だった。何を恐れる必要があるだろうか、アレと比べればヴァルブルガ氏とて単なる人類にすぎない。

「……何、笑ってやがる」

「別に？」

「えー、こほん。それでは、これより決闘を開始いたします」

立会人の声と同時に、僕は息を限界まで吸い込んだ。それと同時に、前世では存在しなかったチカラ……魔力を、自らの手首へ刻んだふたつの魔術紋へと流し込む。

ファンタジーめいたこの世界には、当然のように魔法という技術体系が存在する。火の玉を飛ばしたり、突風を巻き起こしたり、その種類は様々だ。

しかし、僕が扱える魔法はひとつだけ。その名も身体強化魔法、名前の通り筋力を一時的に増幅するものであった。貧弱フィジカルの我々只人が亜人に肉弾戦を挑むためには、この魔法は必須の存在なのである。

「両者、はじめっ！」

「キィエエエエエエエッ!!」

その号令が発されるやいなや、僕は猿のごとき奇声を叫びながら地面を蹴って突進した。突然のことに、ヴァルブルガ氏の動きが止まる。

五メートルほどの距離を一瞬で詰め、僕は彼女に肉薄する。まさに弾丸のような加速であった。さしもの自警団長も、これは予想外だったらしい。その厳つい顔には驚愕《きょうがく》の表情が張り付いていた。

「……チッ！」

しかし、ヴァルブルガ氏も素人ではない。大上段から振り下ろした僕の木剣を、自身の木剣で受けとめる。フェルトが巻き付けられた二本の木の棒がぶつかり合い、砲声と聞き間違えそうなほどの大音響が大通りに響き渡った。

しかし、防御された程度では僕の剣は止まらない。相手の木剣を押し切り、思いっきり彼女の兜を打ち据えた。衝撃で木剣がへし折れ、ヴァルブルガ氏が吹っ飛ばされていく。

あげく彼女は空中で三回転半し、土煙を上げながら地面に転がった。まるでトラックに跳ね飛ばされたような光景だった。

「……え、ええと……気絶していますね。しょ、勝負あり、ということで……」

慌ててヴァルブルガ氏に駆け寄った立会人が、彼女の頬をぺちぺちと叩いて意識を確認しつつ言った。確かに自警団長は白目を剥き、気を失っている様子だ。

「というわけで、僕の勝ちだ」

折れたままの自身の木剣を掲げつつ、僕は群衆に向けドヤ顔で宣言した。

◇◇◇

自慢の自警団長を目の前でブッ飛ばされた市議たちの反応は劇的だった。あのマッチョ市議に至っては、自分が殴られたわけでもないのに腰まで抜かしていたほどである。

この勝利によって、市議会の態度は露骨に軟化した。むろんなんでも唯々諾々《いいだくだく》と従ってくれるようになったわけではないのだが、とりあえず真面目にこちらの話を聞いてくれるようになっただけでもたいした進歩である。

やはり、決闘を仕掛けたのは正解だったな。こういう場所では、力を示さないことには話すら聞いてくれない。秩序の維持にはそれ相応の武力が必要だからだ。

ひとまずエルネスティーヌ氏の夜逃げによって発生した様々な問題への助力を取り付けた後、話はエルフ対策の方へと転がっていった。

「とにかく、エルフとの協定は一度見直す必要がある。百歩譲って食料を提供するのはまだ良いが、人間まで差し出すというのはさすがに容認できない」

借りてきた猫のようになった市議らに向かって、僕はそう力説した。当然、彼女らはすぐには頷かない。

当然ながら、市議会にとってもこんな無体な協定は不本意だろう。しかしそれでも、苦心の末やっと手に入れた安定には違いあるまい。それを新参の部外者にひっくり返されては困る、という彼女らの感情も理解はできた。

「しかしですね、これまではエルフによるお遊びめいた襲撃すら一方的にやられ続けてきたのが現実なのですよ？　協定を反故《ほご》にしたことで奴らが逆上し、懲罰戦を仕掛けてきたら……このリースベンは本当に滅びてしまいますぞ」

マッチョなランドン市議はこちらをナメきった言葉遣いを改め、真面目な敬語を使うようになっていた。しかし、態度の頑《かたく》なさは相変わらずである。

「いや、もちろん代官様がたが尋常ならざる騎士であることは承知しておりますとも。ですがね、エルフどもが異様に手強《てごわ》いのもまた事実なのです。単なる蛮族と思ってかかると、痛い目を見ますぞ」

彼女の言うことにも一理あった。何しろ、僕らはまだ一度としてエルフと交戦したことがない。その上、連中がどれだけの兵力を保有しているのかすら不明なのだ。

市議らは、僕たちが過信に突き動かされていきなりエルフに喧嘩を売るのではないかと懸念しているのだろう。その結果、反撃を受けて逆にこちらが壊滅したりすれば笑い話にすらならない。しかし、若い貴族は得てしてこうした過ちを犯すものなのである。

そういう事態を避けるためにも、とにかく早急に敵の戦力を把握したいところだな。それがわからないことには方針すら立てられない。

「むろん、僕としても拙速に事を進める気はない。業腹《ごうはら》だが、まずは様子見に徹することにしよう」

敵を知り、己を知らば百戦危うからず。孫子《そんし》の兵法はこの世界でも有効だ。戦うにしても融和を図るにしても、ひとまずは情報収集が最優先だな。

「どうせ、大人しくしていてもエルフの方からちょっかいを出してくるのでしょう？　これを有効活用しない手はありません。彼女らには実戦演習の相手になってもらうことにしましょう」

どうやら、ソニアはエルフの襲撃を試金石として使うつもりらしい。僕の好みからはやや離れた消極策だが、こちらから仕掛けられない以上は相手からのアクションを待つほかない。現実的なアイデアだな。

「わかった、それでいこう。どうせ、真正面から不平等協定の改定を迫ったところで応じてくれるはずもないからな。少なくとも、お遊び感覚で喧嘩をふっ掛けて良い相手ではないことくらいは示しておかねばならない」

今回の市議会との一件を見れば明らかだが、相手にナメられたままでは交渉のテーブルにつくことすらままならないのである。まずはこちらの実力を示す必要があった。

「早急にいくさの準備を整えよう。いつでも万全の状態でエルフどもを迎え撃てるようにしておくんだ」

その言葉に、市議一同は深く頷いた。カルレラ市の防備を強化することが決定され、この日の協議は終了となる。

まだまだ問題は山積しているが、とりあえず最低限の道筋はつけられた。これでやっと一息つけるな、などと考えながら市議会棟を出ると、僕たちを待ち受けている者がいた。

「お疲れ様です、兄貴」

そう言って深々と頭を下げたのは、あのクマ獣人。自警団長のヴァルブルガ氏だ。その後ろには腰巾着のリス獣人少女も控えている。

「おや、君たちか。怪我の具合はどうだね？　手加減ができるような相手ではなかったから、全力で打ち掛かってしまったが」

彼女の頭には包帯が幾重にも巻かれていた。言うまでもないが、僕が思いっきり木剣でぶっ叩いたせいだ。ヴァルブルガ氏は鉄兜をかぶっていたが、それでも負傷は避けられなかったらしい。

「頑丈さには自信がありますんでね。この程度なんということはありませんわ」

ハハハと笑いながら頬を搔くヴァルブルガ氏の表情には、出会った当初のような侮蔑の色はない。むしろ、憑《っ》き物が落ちたような雰囲気だ。

「それはさておき、先ほどはずいぶんと失礼な態度を取って申し訳ありませんでした」

そう言って、彼女は再び深々と頭を下げる。なるほど、約束通り直接謝罪に来てくれたらしい。いかにも荒くれ者然とした彼女だが、意外と義理堅いタイプなのだろう。

「なに、気にするな。態度を改めてくれるならそれでいいさ。……こういう騒動は日常茶飯事でね、もう慣れてるんだ」

手を振りながら、少しだけ笑う。本当にもう、行く先々でこの手のトラブルは起きるんだ。男騎士ってヤツは本当に周囲からナメられまくるから困る。いちいち憤慨していたら、胃に穴が空いてしまう。

「ありがてぇ……！」

照れたように笑うヴァルブルガ氏の表情からは、初対面の時のようなわだかまりなど一切感じ取れなかった。

ヘンに恨まれるよりはスパッと切り替えてもらった方が有り難いのだが、それはそれとしてなかなかの手のひら返しぶりである。

「獣人どもは野蛮な連中ですが、それゆえに力が強い者を尊敬するという性質を持っています。ヤツもアル様を認めたのでしょう」

「なるほど」

こちらの疑問を察したのか、ソニアがそんな耳打ちをしてくる。なんだか差別的に聞こえなくもない主張だが、ひとまず頷いておく。実際のところはこれから彼女らと付き合っていく中で知っていけば良いだろう。

「おいロッテ、お前も兄貴に失礼なことを言ったんだ。少しくらい謝ったらどうなんだ」

ヴァルブルガ氏は、自らの後ろに隠れたあのリス獣人の娘を強引に前に出した。ロッテというらしい彼女は、目尻に涙を浮かべつつ僕とヴァルブルガ氏を交互に見ている。

「あ、アネキィ……」

ロッテは何やら姉貴分の変節ぶりにショックを受けている様子であった。こちらにちょっと恨みがましい目を向けているが、何しろ小動物めいた容姿なので腹が立つより先に可愛らしさを覚えてしまう。

「ほら、早くしな」

「ご、ごめんなさいッス……」

強引に促されると、ロッテはあからさまに納得してない表情で少しだけ頭を下げた。子供はこれくらい小生意気な方が元気が良くてよろしい、などとホンワカしていたら、ソニアが厳しい顔をしてズイと前に出た。

「随分とナメた態度だな、ええ？　本当に謝る気があるのか」

ヴァルブルガ氏ほどではないにしても、ソニアも随分とデカい。それが凄んでいるものだから、ロッテは完全にビビっていた。ひゃあと悲鳴を上げながら、姉貴分の後ろに隠れる。

「やめんか」

慌ててソニアを止める。貴族はメンツ商売だから、侮辱されたのならそれなりの対応を取らねばならない。しかし、過剰な謝罪を要求するのも、またよろしくない。

それに、相手は子供だしなぁ。むろん子供だからと甘い対応をしすぎるのも本人の教育的にはよろしくないだろうが、あまり詰めすぎても可哀想じゃないか。

「とにかく、もうこの件はこれで良しとする。いいな」

「了解しました」

ピシリと敬礼するソニアに、僕はため息をつきつつ返礼した。だいたい、ほかに忙しいことがありすぎるんだ。こんな大したことのない案件に、あまり時間を取られたくないんだよな。

「寛大な処分、ありがとうごぜぇやす。改めて、男騎士と侮ったことを謝罪いたしやす」

「気にするなと言ったろう。この話はこれで終わりだよ」

「なんと俠気《きょうき》に溢れたお言葉……！　このヴァルブルガ、感服いたしやした」

グッと拳を握りしめつつ、ヴァルブルガ氏は声を震わせる。その反応はいささかオーバーすぎやしませんか。

「兄貴がよろしければ、以降アタシのことは舎妹《しゃまい》として扱っていただければ幸いです。いかようにでも使い潰してくだせぇ」

「使い潰すだなんて」

力説するヴァルブルガ氏に嘘を言っている様子はない。極端から極端に振れる人だなぁ。

「では、君には自警団との橋渡し役を頼みたい。エルフの暴虐からこの町を守るためには、軍と自警団の緊密な連携が不可欠だからね」

軍隊と街の自警団の関係はなかなか複雑だ。前者は領主や代官の直属であり、後者は市議会や参事会などの指揮下にある。つまり、別々の指揮系統で動いているということだ。

この齟齬《そご》は時として致命的な結果をもたらすことがある。両者の作戦方針が異なるがために、お互いに足を引っ張り合って敗北を呼んでしまうのである。

自警団長のヴァルブルガ氏との間に太いパイプを築いておけば、こうした事態はほぼ回避できるだろう。しょーもない侮辱でその機会をフイにするなんて、あまりにももったいなさすぎるよな。

「そのようなことでしたら、もちろん。へへ、自慢じゃありませんがね。自警団の連中のほとんどはアタシの子飼いのようなもんですから。市議会連中には余計な口出しはさせません、ご安心を」

豊満な胸をドンと叩いて断言するヴァルブルガ氏。いやはや、心強いね。

「助かるよ」

そう言って、僕は彼女と改めて握手を交わした。雨降って地固まる、というやつだな。この調子でどんどん街の防衛体制を整えていくことにしよう。

第四章　襲来

市議会でのゴタゴタがなんとか解決した後、僕たちはカルレラ市の市街へと繰り出した。もちろん遊ぶためではなく、代官としての視察である。

世にも珍しい男騎士である僕はここでもいくつかのトラブルにも見舞われたが、これは案内役を買って出てくれたヴァルブルガ氏の取りなしであっという間に解決してしまった。どうやら、彼女はこの町ではそこそこに顔が利くらしい。

「なるほど、やはりリースベン郡内で軍需物資を自給するのは難しそうだな」

大通りとは名ばかりの狭く短いメインストリートを歩きつつ、ため息交じりにそう呟く。エルフとの戦いは避けられないわけだが、はっきり言って状況はかなり悪かった。

一番の問題はリースベンが中央から遠く離れたド辺境であるという点にあった。これの何が拙《つたな》いかと言えば、補給品の手配にかなりの困難が生じるのである。

リースベンで用意できる物資と言えば糧秣《りょうまつ》くらいのもので、その他の物品は外から輸入するほかない。しかしご存じの通りこの土地は陸の孤島のようなもので、何を調達するにしても尋常ではない時間と手間と費用がかかってしまう。

「職人衆を連れてきたのは正解でしたね」

苦み走った口調でソニアが同調する。おそらく、先ほど訪れた鍛冶工房のことを思い出しているのだろう。

カルレラ市には四軒の鍛冶屋がある（ちなみにその筆頭はあのマッチョ市議ランドンの工房だ）が、そのどれもが日用品や農具などの製造を専門としていた。

ヴァルブルガ氏曰く頼めば武器も作ってくれるようだが、品質の方はお察しだそうだ。これでは、槍や剣などはまだしも鉄砲の生産・修理などとても頼めたものではない。

「早急に兵器廠《しょう》の建設を進めよう。最優先は弾薬製造だが、ゆくゆくは鉄砲や大砲類の生産もできるような体制を整える必要があるだろうな」

撃てば撃つほど弾は減っていくし、火器本体もだんだんとくたびれていく。ましてや、リースベンは対蛮族の最前線であり実戦も頻発しているのだ。現有の武器弾薬だけではそう長くは持つまい。

「槍や甲冑なら、山向こうの隣街……レマ市ってところでそれなりのモノが買えるんですがね」

自らの胴鎧を叩きながら、ヴァルブルガ氏が言う。どうやら、彼女の装備する武具はそのレマ市とやらで調達したものらしい。確かに、軽く見る限り十分に実戦に耐える水準の品物であるようだ。

「しかし、エルフは弓上手の種族というじゃないか。そんな連中と白兵装備だけで戦うのは少しばかり無謀ではないかね」

「確かにその通りですな。一方的に矢の雨を浴びるのはなかなかしんどいですよ。まっ、近づいたからといって有利が取れるわけではありませんが」

「なに、エルフは剣の腕も良いのか？」

「ええ、なかなかのもんです。何しろ、何百年といくさの経験を積み続けた悪鬼羅刹みたいな連中ですから。弓も、剣も、それから魔法も、ほかのどの種族よりも巧みだ。本当に厄介なヤカラですぜ」

自警団長の言葉には実感が籠もっている。なるほど、長命種が長年かけて磨いてきた武芸か。そりゃ一筋縄でいくはずもないな。

「そうすると、個人戦技で対抗するのは悪手だな。集団戦でシステマチックに駆逐していくのが最適解になるだろうが、平原ならともかく森林ではそうもいくまい……」

リースベンはとにかく森ばかりの土地だ。拓《ひら》けた場所など開拓民が切り開いた農地くらいのものである。この環境下でエルフと真正面から戦うのはぜひとも避けたいところだ。

現代の地球で軍人をやっていた僕から見ても、山岳や森林というのは鬼門だ。僕自身アフガンの山岳ゲリラにはずいぶんと苦い思いをさせられたものだし、それより上の世代の先輩方もベトナムでひどい目に遭っている。

こちらの領域に出てきたエルフを迎撃しているぶんには良いが、森に逃げ込んだ彼女らを追撃して殲滅するのはまったく現実的ではないだろう。困ったもんだね。

「ヒトもモノもまったく足りませんね。万全な防備を整えるのなら、『三兵編成《コンバインド・アームズ》』の一個大隊くらいは欲しいところです」

「同感だが、致し方あるまいよ。軍人というのは、今手元にあるカードだけで戦わねばならないのだ。欲しいカードが来ないからとダダをこねても仕方がない」

渋面のソニアを窘めつつ、密かにため息をつく。エルフを完全に打倒するためには、一個大隊程度ではとても足りないだろう。もしかしたら、ガレア王国の全軍を投入しても不足かもしれない。森林戦というのはそれほどまでに不毛なものだ。

「ま、その点で言えばむしろ我々は幸運だ。カネの心配だけはしなくていいんだから……」

ニヤリと笑ってそう言ってやると、ソニアの表情がますます渋くなった。しかし、僕たちが一般の代官よりもずいぶんと優遇されているのは事実だった。何しろ、国一番の金持ちとも言われるアデライド宰相がケツモチについているのだ。

一般的に、代官は自らの統治する領内で上がる税収を財源に活動を行うのが基本だ。場合によっては特別に補助金が支給されることもあるが、半ば不良債権と化している僻地・リースベンではそのような特別措置など期待できない。

ところが、アデライド宰相はたいへんに太っ腹なので気軽に大金を寄越してくれるのである。実際のところ、この補助がなければ僕は自隊の維持すらままならないのが現実だった。

……まぁ、ボーナスといってもその実体は借金なのだが。この膨れ上がった債務、いったいどうやって返済しようかね？　ははは、参ったなぁ。

「何度も申しますが、あの守銭奴にこれ以上の借りを作るのはお勧めしかねますよ。だいたい、アル様は金銭感覚が……」

そこまで言って、突如ソニアはお説教を中断した。いつの間にか彼女の表情はひどく険しいものになっている。その視線は大通りの向こう側から歩いてくる一人の女に向けられていた。

なんとも怪しい人物だ。初夏だというのに長袖のローブで身を包み、フードを目深に被っている。不審者という言葉が擬人化したような姿である。

「……」

一言も発さぬまま、ソニアは背中に背負った大剣の柄に手を当てた。近くに控えているヴァルブルガ氏も、警戒を露わにする。

「……ちっ」

あからさまに剣呑《けんのん》な雰囲気を放つ二人に気圧《けお》されたのか、フード女は僕の一〇メートルほど手前で立ち止まった。

「一つ、質問がある」

小さな声で、フード女は聞いてきた。騒がしい街中では、やっと聞き取れるかどうかという声量だ。しかしこの声、なんだか聞き覚えがあるような。

「……なんだ？」

「パンツ何色？」

「うわっ、痴女が出たぞ!?　捕縛、捕縛ー！」

思わず僕はそう叫んだ。獰猛《どうもう》な猟犬のような勢いでソニアが突撃し、フード女に体当たりをかます。

「うわーっ！」

フード女は悲鳴を上げて地面に転がったが、そんなことで攻撃の手を緩めるソニアではない。そのまま女の腕を掴み、ギリギリと絞め上げた。

「痛い痛い痛い！　やめろぉ！　この私を誰だと……」

「この女、卑猥なことを叫ぶつもりですよ。黙らせます」

「もがもがっ！」

片手で関節技を仕掛け、もう片手で女の口を塞ぐソニアの格闘能力はかなりのものだ。

「た、単なる痴女だからね？　もうちょっと優しくね？」

「いえ、コレは危険な痴女です。わたしは痴女の生態に詳しいのでわかります」

そんなことを言いながら、まったく関節技をかける手を緩めないソニア。そんな彼女を見て、ヴァルブルガ氏が腰に下げていた戦棍《せんこん》（丈夫な木の棒の先にトゲ付き鉄球が装着された見るからに物騒なヤツだ）を引っ張りぬき、言った。

「ええと、とりあえず大人しくなるまでシバいときますかね？」

「駄目に決まってるだろ⁉　と、とにかくその人を代官所にお連れ……じゃないや、連行するぞ！　早く！」

いくらナメられがちな男騎士の僕でも、白昼堂々下着の色を聞いてくるような脳みそピンク色の人物など一人しか思い浮かばない。なんでこの人がこんなところにいるんだ……？

◇◇◇

現行犯逮捕した痴女を連れ代官所に戻った僕は、彼女を尋問室に連れ込んだ。明かり取りの天窓しかない小さな部屋なので、人目を憚るような話にはぴったりだからな。

ヴァルブルガ氏にはいったんお帰り願ったので、部屋にいるのは僕とソニア、そして例の痴女だけだ。

「で、なぜあなたがこんなところに？」

古ぼけたフードを脱いだ女に、そう話しかける。案の定、フード女の正体はアデライド宰相だった。僕の直属の上司であり、後援者でもある重要人物だ。

王都にいるはずの彼女が、なぜこんなところにいるのだろうか？　このリースベンは気軽に来られるような場所ではない。予想外の再会に、僕はかなり驚愕していた。

「ははは……さすがに驚いているようだな。その顔が見たかったのだ、わざわざ私自ら足を運んだ甲斐《かい》があったというもの」

そう言って、アデライド宰相が愉快そうに笑った。気分を害したのか、ソニアが憎々しげに舌打ちする。

「何しろこんな遠方、その上ほとんど敵地のような場所だからな。アル君が苦労しているのではないかと思ったのだよ。そこで一つ、プレゼントをしてあげようと思ってね」

「……と、いうと？」

やたらともったいぶった口調のアデライド宰相に、続きを促した。ほかに聞きたいことはいくつもあったが、ソニアが無表情で青筋を立てている。マジでキレる三秒前って感じだ。

この人とソニアは相性がやたら悪いからな。できるだけ話を早く終わらせなくては、たいへんなことになってしまうかもしれない。

「翼竜さ。こいつがあれば、このリースベン領からもひとッ飛びで王都に行くことができる」

「……マジすか？」

「本当だとも。腹心である君と分断されるのはいろいろと困るからねえ、一騎渡しておこうと

思ったのだよ。決してこれは、めったに君と会えなくなった私が寂しさに耐えかねたわけではなく……」

「最高！　宰相最高！　うおおおっ！」

思わず僕は歓声を上げた。翼竜はその名の通り翼を持つトカゲのような生き物で、外見こそ物騒だが幼獣の頃から手をかけて育てることで馬のように従順になる。人ふたりを乗せて空を飛ぶ能力があるため、我が国では飛行用の騎獣として重宝されていた。

つまりは、航空戦力！　軍人としては、こんなに有り難い差し入れはない。翼竜は非力な生き物だから、大型爆弾を持たせて爆撃を行わせるような使い方はできないが……偵察、哨戒《しょうかい》、伝令と、こいつが一頭手元にあるだけでずいぶんと戦術の幅が広がることだろう。

王都からリースベンまでは、陸路ならば一か月近くかかる。しかし、空路なら数日もあれば十分だろう。多忙な宰相でも、翼竜に乗ればリースベンを訪れる程度の時間は捻出できたわけだ。

「ははは、いいぞ！　もっと褒め称えろ！　感激のあまり抱き着いてもよいぞ！」

「よろしい、抱き着かせてもらおう」

「ウワーッ！」

無表情のまま宰相に抱きついたソニアが、彼女の身体を万力のように締め上げる。只人女性としては小柄なアデライド宰相と、竜人としても大柄なソニアでは、幼児と大人ほどの体格差があった。

そんな相手に全力で抱き着かれたのだから、痛いどころの話じゃないだろう。宰相は顔を真っ赤にして悲鳴を上げた。

「ぬおおおお、離さんか！」

「ソニア、ステイステイ！」

せっかく貴重な航空戦力を持ってきてくれたのに、この副官は何をそう荒ぶっているんだ。

慌ててソニアを引きはがす。

「ヌウ……いつものことながら、この女は私のことをなんだと思っているのか。私、宰相だぞ？偉いんだぞ？　そんな態度をとって大丈夫だとでも？」

「私は辺境伯の娘なので問題ない。宰相の権力といえど重鎮貴族をどうこうすることはできないというのは、今回の件でハッキリしたからな！」

むふんと鼻息荒くそう宣言するソニア。実のところ、彼女はかなりの名家の出身なのだ。家格の上では、宰相のカスタニエ家すら上回っている。

そんなソニアがなぜ僕の副官などをやっているのかといえば、当主である母親と喧嘩して実家を出奔《しゅっぽん》してしまったせいだ。つまりは家出娘というわけだな。

「お、お前実家から半分絶縁状態だろぉ……」

「手紙のやり取りくらいはしている」

腕組みをしながら、ソニアはそう言い放った。無表情ながら、なぜかドヤ顔のようにも見える。

「まあ、それはさておきだ。翼竜の件は承知した。しかし公衆の面前で騎士に卑猥な言葉を吐いたという事実は変わらんぞ。神妙にお縄に着け」

「あっ、あれはスムーズに収監されるための方便だ！　普通に接触していたら、敵の密偵に怪しまれるからな」

こんな僻地にスパイなんぞおるか？　そう思ったが、口には出さない。スケベなことを除けば良い上司なのだ。あえてツッコミを入れることはあるまいよ。

「じゃあアル様の下着の色は気にならないんだな？」

「なるに決まってるだろ！」

「馬脚を現したな」

気になるんだ……。

「あわよくばナマで見たいとか思ってるんだろう？」

「当然だ！」

いやらしい笑みを浮かべ、アデライド宰相は僕の方を見る。

「カネならいくらでもある！　銀貨を何枚重ねればパンツを見せてくれるんだ？　ええ？」

「やはりこの女は危険です。ここで消しておきましょう」

「やめんか！」

アデライド宰相はアデライド宰相だし、ソニアもソニアだ。どうして僕の周りにはヘンな女性しかいないんだろう。

「ま、まあそれはさておき……翼竜をいただけるのであれば、非常に有り難いことです。しかし、なぜアデライド宰相自らリースベンに？」

どうやら宰相は翼竜に乗ってこの街を訪れたらしいのだが、空の旅というのは非常に危険なものだ。

その上、ここは蛮族の跋扈《ばっこ》する僻地だからな。宰相閣下の視察先としては、いささか不適当ではなかろうか？　しかもこの人、まともな護衛も連れていないようだし。

「それは、まあ……なんというか……」引きつった作り笑いをしつつ、アデライド宰相はそっぽを向いた。下手くそな口笛まで吹いている。

「アル様にセクハラしに来たんですよ、この女は。どうしようもない痴女なのでしょう」

「さ、さすがにそれは言いすぎだろ……」

いくら温厚なアデライド宰相でも、これは気分を害するだろう。おそるおそる彼女の方を窺うと……バレちゃあしょうがないと言わんばかりの表情で頷いた。脳みそと下半身が直結していらっしゃる？

「こう見えて一途な女なのだよ、私は。そこらへんの侍男などで無聊《ぶりょう》を慰めるような真似はしない」

そりゃそうだろう。何しろ王宮で働いている男性使用人のほとんどは貴族家のご令息（もちろん養子だが）だからな。いわゆる行儀見習いってやつだ。

これに下手に手を出すと、なかなか面倒な事態が発生する。その点、僕は木っ端宮廷騎士の息子なのでやりやすいはずだ。

「は、はあ、ありがとうございます……しかし、お供もつけずに一人で辺境にやってくるなど、危険ではありませんか？」

この人も敵が多い身だからな。隙を見せれば暗殺される可能性も十分ある。

「大勢の供をつけるのは、防諜面から考えても逆に不利だ。こちらの動きを政敵に察知されてしまう。アル君に翼竜を渡したことは、オレアン公などには知られたくないからね」

宰相閣下はオレアン公の干渉を警戒しているようだ。僕をこの地に押し込んだのはあの老公爵だから、確かに油断はできない。さらなる嫌がらせを仕掛けてくるやもしれんからな。

「それに、護衛はネリー一人で十分。今もこっそり待機してくれているはずだよ」

「なるほど、彼女も連れてきていたのですか。それは安心だ」

アデライド宰相の懐刀、ネリーは王国でも十指に入る剣士だ。なまじの騎士が五、六人ついているよりよほど安全だろう。

「それにそれほど長居するつもりもないしねぇ。本音を言えば、君の任地を一目見ておきたかっただけなのだよ」

「なるほど、さすがは部下思いの宰相閣下ですな」

「空虚な褒め言葉だなあ、もう少し喜びたまえよ」

「喜んでますよ。楽しいお土産ももらえましたし」

翼竜は本当に有り難いんだけどな。でも、それはさておき職場にアポなしで突然上司がやってくるようなシチュエーションはちょっと歓迎できかねるだろ。

「それで、どうです？　リースベンは」

「ちょっと埃《ほこり》っぽいが、想像よりもずいぶんと長閑な感じだね。危険な蛮族がたくさんいると聞いていたから、もっと剣呑な土地かと思ったよ」

これなら、老後の隠居先としても良さそうだ。そんな言葉を続け、宰相はからからと笑う。

軽くそれに追従してから、僕は香草茶を一口飲んだ。

「確かにスローライフ向きの田舎のように見える土地ですがね、蛮族に関しては噂以上の連中のようです。思っていた以上に押されてますよ」

　表情を改め、リースベンの現状を説明する。

「……おいおいおい、なんだかずいぶんとまずいことになっているじゃないか。蛮族を相手に一方的に貢ぎ物を差し出してるだって？　それじゃ、どちらがこの土地の支配者かわからない」

「ええ。こんな屈辱的な状況で王家尊崇の念が生まれるはずもありません。現状を放置していく限り、ガレア王国の権威は毀損《きそん》されていくばかりですよ」

　リースベンは王家直轄領であり、もちろん代官所にも王家の旗が掲げられている。それが蛮族に対して膝を屈しているわけだから、国家の体面が傷付かないはずがない。中央政界から見ても、この状況は早急に解決すべきモノであるはずだった。

「ふーむ……ひとつ聞くが、蛮族どもを確実に仕留めようとした場合、どの程度の規模の軍隊が必要だと思う？　一万くらいいればなんとかなるだろうか」

「厳しいんじゃないですかねぇ。森林や山岳に籠もった地元民兵の殲滅なんて、トコジラミの駆除よりたいへんですよ。相手の三倍の兵力を確保してても、確実に勝てると太鼓判を押すのは難しい」

　そこまで言ってから、ちらりと副官の方を見る。ソニアは軽く頷いて僕の意見に同意を示し、言葉を引き継いだ。

「仮に女王軍がものすごく頑張って一〇万くらい兵を集めたとしても、今度は別の問題が発生する。兵站《へいたん》だな。当たり前だが、このリースベンに一〇万の兵を養えるだけの食糧は備蓄されていない」

「外から運び込もうとしても、今度は悪路と天険に阻まれますからね。輸送効率は目を覆わんばかりの水準になるでしょうな」

「やはりか……ネリーも似たようなことを言っていたよ。つまり、蛮族討伐は現実的ではないということだね？」

たいへんに嫌そうな顔で宰相が聞いてくる。部下に「ムリです」と言われて気分爽快でいられる人物などそうはいないだろう。「無理というのは嘘つきの言葉だぞ」なんて言い出さないあたり、彼女はずいぶんと良い上司だった。

「その通りです」

僕から言わせてもらえば、こんな土地に入植したこと自体が間違いなのだ。蛮族は手強いし、得られる利益は薄いし、交通の便も悪い。

商売人ならさっさと損切りしろと言うのだろうが、この地にはすでに自国民が居住してしまっているのである。上の都合で住民を強制移住させるわけにもいかないのだから、もうにっちもさっちもいかない感じだ。

「とはいえ、それはあくまでゴールを敵の殲滅に据えた場合の話です。防戦だけなら、現有の戦力でもなんとかなるでしょう。今はとにかく拮抗《きっこう》状態に持ち込むことを最優先にして、相手が交渉のテーブルにつくまで耐え続けるというのが現実的な案でしょうね」

「軍人らしからぬ消極的な意見だ」

「自分でもそう思います。はっきり言って、場当たり的にすぎる戦略計画ですよ。こんなものを提示せねばならない自分自身の非力非才を嘆くばかりです」

できることなら、派手に攻勢を仕掛けて一大決戦で敵を仕留めるようなやり方をしたいところなんだけどな。しかし、現実問題そんな作戦を実行したところで実現する可能性はまったくないのだから仕方がない。

「しかし、私は君に信を置いている。その君がそう言うのだから、まあ間違いはないんだろうね。いささか不愉快な現実だが」

深々とため息をついてから、アデライド宰相は僕の目をまっすぐに見据えた。

「上長として命じる。現場の指揮は任せた、必要と思われる手立てはすべて打て。こちらも可能な限りのバックアップを行う」

白紙手形というわけか。なんと素晴らしい話じゃないか。僕はニッコリと笑って頷いた。

「お任せあれ」

◇◇◇

その後、アデライド宰相は三日ほどリースベンに滞在した。もちろん、物見遊山のためではない。右も左もわからない初心者代官である僕を補佐してくれたのである。

しかもリースベンの場合、前代官エルネスティーヌ氏のせいで帳簿の類いが軒並み破棄されてしまっている。こんな有様でまともな行政業務を行うというのは、正直なところ僕の手には余る任務であった。

その点、アデライド宰相はたいへんに頼もしい。彼女の優れた事務能力をもってすれば、人口数千の小都市の管理などは片手間に行える程度の仕事でしかない。

アデライドは残されたわずかな資料をもとに過去のデータを推定し、大まかな指標を作ってくれた。むろんあくまで暫定的なものではあるが、五里霧中の中途方に暮れるようなことはしなくて良くなった。

それに加え、彼女は僕たちとともに町中を回り、このリースベンの抱える様々な問題の洗い出しを行った。前代官の捜索と捜査の手配や、対蛮族を見越した戦備のための物資調達もだ。

いやもう、本当に至れり尽くせりという感じだ。いちいち尻を揉んだり撫でたりしてくることには辟易《へきえき》したが、しかしその程度のセクハラでここまで手伝ってくれるのだから文句は言えない。

僕は甘んじて彼女の行いを受け入れた。もっとも、ソニアはそのたびに激怒して宰相を折檻していたが……。

「やれやれ、くたびれた」

代官所の執務室にて、アデライド宰相は目を擦《こす》りながらため息をついた。彼女の前にはうずたかく積み上がった書類の山がいくつも鎮座している。

「まだまだやり残しているところはあるが……まあ、これで最低限ひと段落はついたかな」

「ありがとうございます、閣下」

彼女に湯気の上がる香草茶のカップを手渡してから、僕は深々と頭を下げた。お茶くみは本来従者の仕事なのだが、今回は僕自らやっている。もちろん、感謝を示すためだ。

「閣下なんて味気ない呼び方はよせと言ったろう？　私と君の仲じゃないか」

などと言いながら肩を抱き寄せる宰相は、相変わらずのセクハラおやじムーヴであった。部屋の隅でその様子を見ていたソニアが、自分の出番が来たとばかりに肩を怒らせる。

「おっとっと」

アデライド宰相はこの三日でずいぶんとソニアにボコられている。さすがに懲りたのかすぐに体を離し、こほんと咳払いをした。

「名残惜しいが、潮時だな。そろそろ王都に戻らねば、本業に障りが出てしまうからね」

そう、彼女は本来の仕事をほっぽり出して僕を手伝ってくれていたのだ。本音を言えばずっとここにいてほしいくらいなのだが、そういうわけにもいかない。僕は本心から「残念ですね……」と返した。

「本当に助かりました。アデライドの助けがなければ、どうなっていたことやら……」

「なに、気にするな。いずれ借りは返してもらうからねぇ……」

アデライドの口元が肉食獣めいて歪み、その右手がさっと僕の尻に伸びる。ソニアの目がギラリと輝き、剣の柄に手が伸びた。

「……こほん」

宰相は咳払いをし、セクハラをやめた。……別にやめなくて良いのにナァ。この人にセクハラをされるのって、正直あんまり嫌じゃない。美人だし、面倒見もいいしな。

身分違いなのが本当に残念だよ。釣り合いの取れる立場なら、本気でアタックしてたのに。……いや、前世でも現世でも童貞の僕に、そんな根性があるのかと聞かれればちょっと口ごもるしかないけどさ。

「とはいえ、もう一晩くらいは泊まっていかれるのでしょう？」

話題を修正するため、視線を窓の外に向けながら聞く。太陽はすでに中天へと達している。じきに教会が正午の鐘を鳴らすだろう。

アデライド宰相は翼竜に乗ってこのリースベンへとやってきた。陸路なら一か月近くかかる道のりも、空路であれば数日でひとっ飛びだ。とはいえ、さすがに昼前というのは旅立ちの時刻としては遅すぎるだろう。

「まぁ、そこまで慌てているわけでもないからね。出立は明日朝にしようと思っている」

「それでは、今晩は送別会を開きましょうかね。白パンを用意するよう、パン屋に命じておきます」

などと言いつつも、僕は内心気が重かった。舌の肥えた宰相閣下にご満足いただけるようなご馳走を提供する自信がまったくなかったからだ。

理由は簡単、材料の問題だ。このリースベンは非常に痩せた土地であり、小麦どころかライ麦すらも満足に育たない。そのため、この地の民はエン麦を主食としているほどだった。

エン麦といえば、他の地方では家畜の餌扱いされている穀物だ。僕などは軍人だからそんなことなどまったく気にせず食べてしまうが、まさか宰相閣下にも同じようなことを強いるわけにもいかない。パンは輸入品の古い小麦粉を使って焼くほかないだろう。

問題はパン以外にもある。リースベンの川には食べられる大きさの魚が棲んでおらず、森にも鳥以外の獣はほとんど生息していない。メインディッシュを用意するのも一苦労というわけだ。

リースベンという土地は、とにかく食糧調達に難がある。まあ我々貴族がご馳走を食べられない程度のことなら「困ったね」で済むが、一般庶民にとっては死活問題なのだった。コレはある意味、蛮族以上の懸案事項だろう。

「ははは、期待させてもらおうか。もっとも、あまり無理する必要はないよ。私もこの土地の事情は承知しているからね」

当然ながら、数日とはいえリースベンに滞在していたアデライド宰相はこのあたりの情報について承知している。本心からこちらを慮《おもんぱか》っていることがわかるその言葉に、僕はなんだか情けない心地になった。

「まあ、夕食も良いが今は昼食の時間だ。ひとまず、いったん腹ごしらえといこうじゃないか」

そういってアデライド宰相が立ち上がった瞬間のことである。窓の外から鐘の音が聞こえてきた。

しかしその音色は、毎日朝昼晩に定期的に打ち鳴らされる長閑な教会の時報とは明らかに異なっている。むしろ、聞く者の焦燥感を煽《あお》るような甲高く連続した音であった。……緊急事態を知らせる半鐘だ！

「どこの櫓だ!?　情報収集急げ！」

即座にそう命じ、従者を走らせる。まずは事態を把握せねばならない。

この町の法律では、半鐘は以下の三つの理由以外では鳴らしてはならぬと決まっている。一つは洪水や竜巻などの自然災害が町に迫っている時。二つ目は火事。そして三つ目が敵襲だ。このうちのどれであるにせよ、代官の出番であることには変わりない。悠長にメシを食っている余裕はなさそうだな。

「いよいよ、エルフどもがやってきたのかもしれません」

鋭い声でソニアが指摘した。今日の天気は快晴だ。こんな日に竜巻だのなんだのが町を襲うはずがない。考えられるとすれば火事か蛮族かだろう。

「だとすれば、ヌルい対応はできないな。部隊に臨戦態勢を取るように命じろ。市議会とも状況共有を行い、必要であればそちらの判断で自警団の出動を打診せよ」

「急ぎいくさ支度を整えるというのであれば、自警団に直接出動を要請するという手もあります。議会には事後に承認を求めれば良いのでは」

自警団の団長はあのヴァルブルガ氏だ。市議会の頭越しに命令を出しても、確かに彼女であれば応じてくれるだろう。ソニアの意見にも一考の余地はあった。

何しろ、市議たちは議場に常駐しているわけではないのだ。彼女らはそれぞれ別に本業を持っており、普段はそちらで働いている。

議会を招集して、自警団の出動を議決して……なんてことをしていたら、戦いに出遅れてしまうかもしれない。

「議会の対応が遅すぎるようならそういう超法規的措置も致し方ないが、ひとまずはきちんと手続きを遵守する姿勢を見せておこう。信頼を得るためには、まずはこちら側から信頼して見せねば」

「横紙破りは存外にリスキーだからねぇ。よほどまずい状況でない限りはやるべきではないよ」

のほほんとした表情で宰相閣下が感想を述べる。敵襲が迫っているかもしれない状況でこうも落ち着いていられるあたり、彼女もなかなかに肝が太い。

「それにまあ、こういう土地だからね。緊急時の対処法については、この町の住人らもよく心得ているだろう。あまり心配する必要はないんじゃないかな」

「そうですね。むしろ、向こうとしては僕たちの方がトチるんじゃないかと心配しているかもしれない」

何しろ、我々は都会からやってきたよそ者だ。地元民からすれば、自分たちの方がよほど上手くやれるという自負があるに違いない。

「つまり、これは僕たちの試金石になるかもしれない事件というわけだ。気合いを入れておけよ、ソニア」

「むろんです」

大きく頷いてから、ソニアは部屋を出ていく。配下の部隊や市議会などの各所へ連絡を取るためだった。こうした調整任務は副官である彼女の仕事なのである。

一方、部屋に残った僕の方ものんびりとはしていられない。専属の従者を呼び、甲冑や剣、銃器などの装備を身につける。

これが誤報や火事ならばまったく不要になる準備だが、まあその時はその時だ。軍人の仕事は最悪に備えることだから、面倒くさがるわけにはいかない。

「報告！　南部第二監視哨より伝令、不審な武装集団がカルレラ市に向けて北上中！　数は四〇前後。服装から見てエルフで間違いないとのこと！」

そうこうしているうちに、状況把握のために派遣していた従者が帰ってきた。報告の内容は予想通りのものだ。敵兵力が四〇というのはやや少ないように思えるが、相手は音に聞こえしエルフの兵《つわもの》だからな。油断はできん。

「アル様、ブロンダン騎兵隊全二四名およびその従士、いつでも出陣可能です。また、カルレラ市議会より自警団の出動命令が発布されました。現在、自警団には南門前への集結命令が出されているとのことです」

続いてソニアが戻ってくる。どうやら、議会の対応が遅れるのではないかという懸念は杞憂《きゆう》だったようだ。戦い慣れしているだけあり、こちらが尻を叩く前からすでに動き出している。

「よろしい、急いで我々も南門へ向かおう」

そう命令しつつ、愛用のサーベルを腰に差す。手持ちの兵力を考えれば、後方でふんぞり返って指揮を執るような贅沢《ぜいたく》は許されまい。僕自身が最前線に立つ必要があるということだ。

「申し訳ありませんが、アデライドにはこの屋敷の留守をお願いしたく存じます」

「悔しいかな、私が出たところで足手まといにしかならないからねぇ。大人しくこの屋敷の中でじっとしているとも。余計な手出しはしないから、安心してくれたまえ」

ため息交じりにそう言って、アデライド宰相は椅子に深々と腰かけた。彼女はあくまで文官であり、しかもかなりのお偉いさんだ。当たり前だが、戦場に同行されても困る。どうやら本人もそのあたりは理解しているようだった。

代官所の外周は深い堀に囲まれており、高い土壁や櫓などの防衛設備などもきちんと用意されている。この施設に籠もっていれば、よほどのことがない限りアデライドは安全だろう。

「しかし、男の君が出陣するというのに、女の私がそれを見送らねばならないとは。まったくあべこべな話だねぇ」

ため息をつく彼女の顔には本気で自嘲しているような色がある。転生者である僕としてはむしろ自然なことのように感じてしまうのだが、やはり宰相閣下としては納得がいかないものがあるのだろう。

「男、女は関係ありませんよ。人にはそれぞれ役割があります。そして、僕は戦うことこそが己の役割であると信じておりますから」

「なんとも君らしい意見だ。……さあ、行きなさい。武運を祈っているよ」

真剣な声でそう言ってくれるアデライドに深々と一礼し、僕はソニアらを伴い彼女の前から辞した。さあ、戦争の時間だ。

◇◇◇

田舎とはいえ、カルレラ市は成立以来ずっと蛮族の脅威に晒されてきた街だ。当然ながら、城砦都市としての最低限の体裁は整えられている。

町の外縁部には深くて幅の広い空堀と小高い土塁が厳重に張り巡らされており、直接の侵入はまず不可能だ。出入り口は北と南にそれぞれ一か所ずつ設けられているが、そこにももちろん跳ね上げ橋や補強の加えられた大扉などが設置されている。

「ま、実際のところは気休め程度の効果しかありませんがね」

ところが、南門前の広場にて僕たちを出迎えた自警団長ヴァルブルガ氏は、自分たちの街の防御施設を指してそう評した。彼女の顔には隠し切れない苦渋の色が滲んでいる。

「エルフは鳥人を従えておりましてね、そいつらが空中からかぎ爪の付いたロープを投げ落としてくるんですよ」

鳥人というのは、読んで字のごとく鳥の特徴を持った亜人種のことだ。まあ、いわゆるハーピィだな。

「エルフどもはそのロープを伝って町中へ侵入してくるという寸法でして。まあ、こんな低くてなだらかな土塁じゃあ話になりません」

「わあお」

エルフが航空戦力を持ってるなんて聞いてねーぞ！　そんな重要なことは早く言わんかい！と、文句を付けたいところだったが今さら四の五の言っても状況は改善しない。僕は努めて愉快げな表情を作り、「なかなか歯ごたえのある連中のようだ」と肩をすくめた。

ちなみに、もちろん空陸協同作戦はエルフだけの専売特許ではなく、我らがガレア王国などの他勢力でも多用されている。

ロープを用いた城壁突破戦術も当然ながら決して珍しいものではなく、壁に〝ネズミ返し〟などを付けることで対策されているのだが……。

絶壁めいた石壁ならともかく、土を積み上げただけの土塁にそんな細工をしても無意味だ。このへんはモロに予算不足が防衛力の低下に繋がっている部分だな。

「城門の堅守に拘《こだわ》って戦力を集中していると、思ってもみない箇所から土塁を突破してきて背後を取られるかもしれない、ということだな」

「まさにその通り。さすがは代官様、腕っ節のみならず軍学もしっかり修めておられるようですな」

皮肉かなと思ったが、ヴァルブルガ氏は本気で感心しているようだ。

「とはいえ、ご覧の通り自警団《ウチ》も町の全周に防衛線を敷けるような大所帯ではないですからね。戦力配分の塩梅《あんばい》がなかなか難しいところでして……」

ちらりと彼女が視線を送った先には、集合を終えた自警団の面々が緊張の面持ちで待機している。

カルレラ市自警団は、総兵力約一〇〇ほどの小さな団体だ。それでも今回襲来したエルフどもの倍以上いるのだが、頼りになるかといえばかなり怪しい。

彼女らは一応お揃いの槍と盾で武装しているが、それ以外はてんでばらばらの普段着姿だ。もちろん、甲冑どころか兜を被っている者すらほとんどいない。おまけに槍を担ぐ姿勢もずいぶんと不揃いで、練度の低さがありありと窺えた。

兵隊らしい格好と立ち振る舞いをしているのはヴァルブルガ氏とその側近くらいで、その他はどうひいき目に見ても一般市民に毛が生えた程度の連中と評するほかなさそうだ。

しかしまあ、これればかりは仕方がない。何しろ一般市民が自己防衛のために組織する団体が自警団なのだから、職業軍人ほど頼りにならないのは当然のことである。そもそも、団員の大半が本職を別に持つパートタイマーだろうしな。

そして、白兵戦においては装備と練度、そして士気は頭数以上に重要な要素となる。殺《や》る気に満ち溢れた蛮族エルフ四〇名とこの自警団一〇〇名が正面からぶつかった場合、勝利するのは間違いなく前者だろう。

「籠城《ろうじょう》か、野戦か……そこが問題だな」

「エルフ相手に野戦を挑んでも勝てません。あたしらはずっと籠城《ろうじょう》で対処してます」

「籠城戦をやるには人手が足りない、と言っていたように思うが？」

ソニアが眉を跳ね上げつつ聞く。

エルフは土塁を越える戦術を持っているのだ。前世の籠城戦のように、特定のポイントのみを重点防御することで寡勢を補うような戦い方はしづらい。そうなると、やはり防衛側もある程度の頭数は必要になってくる。

「ええ。なので、全方位の守りを固めるような真似はしません。門を一か所開放して、そこに敵を誘引するわけです。あとはこちらも頭数を揃えて、一所懸命に死ぬ気で防戦と。まあ、そんな具合ですな」

「わざと弱点を作るわけか。なかなか剛毅《ごうき》なやり方だな」

小さく唸りつつ籠手《こて》の装甲を指で叩く。敵が間近に迫っているというのに、こんな基本的な打ち合わせからやらねばならないとは。準備不足ここに極まれり、って感じだ。まったく無様な話である。

「しかし、エルフも阿呆ではあるまい？　貴様らの防衛線に陽動部隊をぶつけ、その隙に別働隊を例の戦術で街の中に送り込んでくるくらいのことはしてくるのではないか」

そう指摘するソニアの声は刺々《とげとげ》しい。ヴァルブルガ氏のことが気に入らないのではなく、僕と同じような苛立《いらだ》ちを覚えているのだろう。

「やりますよ、そりゃ。けどねぇ、連中の目的はあくまで略奪ですから」

「……なるほど。別働隊が狙うのは諸君らの背中ではなく、そのあたりの民家というわけか」

「へい、まあ、そういうこって」

ヴァルブルガ氏の返答はひどくぶっきらぼうだった。つまり彼女ら自警団は、街にある程度の被害が出ることを許容した上でこの作戦を採用しているのだった。

「なんてことを……自警団が自分の街を守ることを放棄してどうするんだ、オイ！」

部下の騎士が声を荒らげた。一方、なじられた側である自警団はといえば、目を逸らす者が半分、睨み返してくる者が半分といった具合である。

「やめろ、ダニエラ。彼女らにしても苦渋の決断だろう、その時その場にいなかった部外者に何かを言う資格などない」

自警団を責めたところで状況が改善するわけでなし、それよりも今は迎撃の準備を整えることに専念するべきだろう。

「敵はもうすぐそこまで迫っているんだろう？　時間を浪費している余裕はないぞ」

「同感ですね。で、作戦はどうします？　そろそろ布陣を始めにゃあ敵の襲来に間に合いませんぜ」

ここでさっと同調してくれるのがヴァルブルガ氏の有り難い点だ。こういう割り切り方から見ても、彼女が豊かな実戦経験をもつ古兵であることは間違いない。同僚としてはなかなか信頼できるタイプかもな。

「しかし、作戦といってもな。うちとそちらは、まだ一度の合同訓練をしたこともないんだ。

これではまともに連携も取れないだろうし、お互い普段通りに動くほかないだろうな」

「これもまた同感です。兄貴とは気が合いますな」

「ふふふ、嬉しいことを言ってくれる」

ニヤッと笑い、大柄なクマ獣人の腕を叩く。本当は肩を叩きたかったが、体格が違いすぎて無理だった。

「ひとまず君たちは、南門の守りを固めてくれ。自警団が門前でエルフどもを足止めしている間に、事前に郊外へと展開していた僕たちが敵の側面を叩く。金床と鉄槌《てっつい》ってヤツだ」

「わかりやすい作戦ですな」

「嫌いかい？」

「とんでもない、大好きですよ」

今度はヴァルブルガ氏が僕の肩を叩く。貴族を相手にやるにはあまりにも不敬な行為だが、僕は不快感を覚えていなかった。彼女の目に、初対面の時にはなかった親しみの色が浮かんでいたからだ。

戦場において、古兵からの信頼というのは金よりも貴重で有り難いものだ。ちょっとした満足を感じつつ、僕はこほんと咳払いをする。

「ただ、エルフどもは愚直に殴り掛かるだけで勝てるほど甘い相手ではないだろう。そこで、君たちに二つほど仕事を頼みたい」

「伺いましょ」

「ひとつ。自警団から二、三〇人ほど人を割いて、中央広場で待機させていてほしい。エルフの別働隊が町中へ侵入してきた際の迎撃役だ」

「略奪者どもを叩きたいのはわかりますが、ソイツは厳しい。エルフ四〇を相手に、こちらが七〇名程度というのはかなり危ない戦力差ですよ。はっきり言って、濡《ぬ》れ紙くらい簡単に突破されちまうと思うんですが」

案の定、ヴァルブルガ氏は僕の作戦案に懸念を示した。他の自警団員たちの顔にも不安がよぎる。

しかし、敵の別働隊をフリーハンドの状態で放置するというのは、まったくもって僕の趣味じゃあないんだよな。我々軍人の仕事は市民の安全と財産を守ることだ。仕方がないからと少数の敵の狼藉を放置するのは、義務の放棄にほかならない。

「問題ない。抜けた人員のぶんの代用戦力は配置しておくよ。アレだ」

僕が指さした先には、二頭の輓馬《ばんば》によって牽引される大砲があった。大砲、といってもそれほど大きなものではない。砲身だけなら、ヴァルブルガ氏一人で担ぎ上げることだってできるだろう。一見、兵器というよりはデフォルメされたオモチャのような外観である。

「あれは……大砲ですか？　ずいぶんと可愛らしい代物ですねえ」

ヴァルブルガ氏は言葉を濁しているが、その目には不信感がありありと浮かんでいる。魔法の存在するこの世界において、大砲の地位はたいへんに低いのだ。日の目を見るのは、せいぜい攻城戦の時くらいだろう。

「なに、可愛いのは見た目だけさ。なぁ？　マルセル」

「むろんです！」

ドンと胸を張ってそう答えたのは、砲兵隊長マルセルだ。竜人にしては小柄な体軀と童顔が特徴的な軍人らしからぬ少女だが、その顔には自信ありげな笑みが浮かんでいる。

「この四斤山砲《よんきんさんぽう》をそこらのデカいバクチクと大差ないような大砲と一緒にされちゃあ困ります。施条式砲身《しじょうしきほうしん》！　摩擦式火管《まさつしきかかん》！　着発式榴弾《りゅうだん》！　ありとあらゆる新技術を一身に集めたこの軽砲は、まさに新時代を切り拓く先駆けと呼んでも過言ではな」

「はいはいそれくらいで勘弁してね、時間が詰んでるからね」

ものすごい音量とスピードでまくしたてるマルセルを遮り、僕はヴァルブルガ氏の方へと向き直った。古兵クマ獣人の顔には、明らかな困惑の色が滲んでいる。

「こいつを南門へ据え付け、エルフどものドタマにぶちこんでやるって寸法さ。しかし、大砲は肉薄攻撃に対しては無力だ。君たちの二つ目の仕事は、砲兵隊に敵兵を近づけさせないことってわけだな」

「は、はぁ……」

ヴァルブルガ氏はなんだか嫌そうな様子だった。ま、そりゃそうだろう。歩兵騎兵砲兵を組み合わせて役割分担するような戦い方は、この世界ではまだ一般化していない。そして、彼女のような古兵はえてして新戦術とか新兵器とかを嫌うものだ。

「あのマルセルはああ見えて砦を二つも落としたことのある殊勲者だ。実力は折り紙付きだから、君たちの足手まといになる心配はない」

「あんな青びょうたんが砦を⁉　……いえ、兄貴がそうおっしゃるんであれば信用いたしましょう。砲兵隊の護衛でしたね？　任せてください」

「助かるよ」

敵前であれこれ議論することの愚を知っている人間は、話が早くて助かる。

「敵集団を発見！　数は報告通り四〇程度の模様！」

門に併設された見張り櫓の上からそんな報告が投げ掛けられた。

カルレラ市は郊外にいくつもの監視哨を設けており、不審者を発見すれば即早馬で伝令を届ける仕組みになっている。今回もその例に漏れず、エルフどもの接近は街から一〇キロほど手前で察知していた。

それが、もう目視距離まで接近しているのだから、敵の行軍速度はなかなかに速い。思わず舌打ちが出そうになり、なんとか堪《こら》えた。実戦中の将校は可能な限り不敵に振る舞うべきである、というのが僕のモットーだったからだ。

「やれやれ、せっかちなお客さんだこと」

「しかし、急な来客にも完璧に対応してみせるのがよくできた貴族というものですから」

ソニアが奥ゆかしく微笑みながらもっともな指摘をした。その目には、音に聞こえし蛮族エルフへの恐れなど微塵も含まれていない。あるのは純粋な戦意だけだ。

「よろしい、蛮族エルフどもに王都流のもてなし方を披露して差し上げようじゃないか」

準備不足は甚だしいが、致し方あるまい。そろそろ作戦を開始することにしよう。

◇◇◇

カルレラ市の郊外には、拓けた草原が広がっている。力強く茂った若草が爽やかな風に吹かれてそよぎ、さわさわと心地のよい音を立てていた。

空の色は南方特有の深い色合いをした青だった。もくもくとした雲がごくゆったりとした速度で流れている。季節はまだ晩春だが、気温は少し汗ばむくらいに上がっていた。絶好の遠足日和といったところだろうか。

そんな草の海を一文字に貫く街道の上を、武装した女たちの集団が我が物顔で闊歩《かっぽ》していた。異様な風体をした連中である。

みな、超自然的なまでに整った容姿をしている。白磁めいた肌、金糸銀糸を思わせる髪、透き通った翡翠《ひすい》のような瞳。そして何より、笹穂のような長い耳が特徴的だ。

彼女らはエルフと呼ばれる種族である。民族衣装なのか、全員が同じようなポンチョを羽織っている。背中に木製と思わしき簡素な弓と矢筒を背負っている者も大勢いた。

「見れ、牛がおっど」

一人のエルフが小高い丘を指さして言った。そこには、のんびりと草を食《は》む牛の一団がいた。

「本当じゃ。丸々としちょる、食い頃じゃな」

別のエルフが応じる。その薄紅を塗ったような艶やかな唇から飛び出した言葉には、一般的な西方共通語とはやや異なる響きがあった。俗にエルフ訛《なま》りと呼ばれる方言である。

「うまそうに草を食いやがっせぇ、腹立つど」

「俺《オイ》はもう草ばっかいン飯は我慢ならん。肉と芋が食おごたっ」

「よし、一つ腹ごしれぇといっか」

数名のエルフが弓を手に取った。むろん、この牛たちはカルレラ市に住む牧人が放し飼いにしているものであって、彼女らの所有物ではない。

しかしエルフどもはそんなことなどお構いなしに次々と矢を放つ。鋭い風切り音とともに飛《ひ》翔《しょう》した矢は、一発も外れることなく牛の急所へ命中した。長閑な草原に剣呑な悲鳴が響き渡る。

「俺《オイ》ははらわたが食おごたっ」

「腿《もも》じゃ」

「脳じゃ」

弓を納めたエルフたちは、今度は腰から山刀を抜き放った。鋼の刀身が陽光を反射してギラリときらめく。

「コン阿呆どもが！」

「グワーッ!?」

舌なめずりをしながら解体に向かおうとするエルフどもを、別の長身エルフがブン殴って止めた。小気味よいゴツンという音が三連続で鳴り響く。

「これから戦争《ゆっさ》じゃちゅうとにお前《はん》らは何をやっちょい。牛なぞ後で食えば良か、俺《オイ》らん獲物はあっちじゃ」

エルフの指さす先には、土塁で守られた小さな街……カルレラ市がある。

「あそこは食い物もあれば男もおっど。牛と街、どちらが大きくてうまい獲物かなんぞ、抜け作ンお前《はん》らにだってわかっじゃろ。牛は土産じゃ、帰っ時に拾うていけ」

「じゃっどん、氏族長。腹が減っては戦争《ゆっさ》はできらんな言っど。俺《オイ》ら、ここしばらく草と芋虫しか食っちょらんとじゃが」

エルフの一人がそう抗弁した。エルフが街を襲うのにもそれなりの理由がある。彼女らはみなひどく腹ぺこなのだった。

「ド阿呆。腹にモノを詰め込んじょったら、切腹すっ時に無様な姿を晒すことになっじゃろうが。戦争《ゆっさ》の前じゃっでこそ腹ん中は綺麗《きれい》にしちょけ」

氏族長が拳を握りながらそう凄むと、部下たちは不満そうにしつつも引き下がった。ただでさえ空《す》きっ腹で辛いのに、無駄にゲンコツを食らいたくはなかったからだ。

そうして進むことしばし。とうとう、エルフたちはカルレラ市へと到着した。彼女らのような狼藉者の侵入を防ぐために設営されたはずの城門と跳ね上げ橋は、今は通常通り開放されている。敵の攻撃を一か所に集中させるため、わざと弱点を晒しているのであった。

跳ね上げ橋の前には、ヴァルブルガ率いる自警団がすでに防御陣を展開している。約七〇名ほどの団員たちは二隊に分かれて身を寄せ合い、盾でお互いの体を守り合っていた。

古典的な亀甲体型だが、自警団員たちの練度は強制的に動員された徴募兵よりはまだマシかという程度のものでしかない。そんな彼女らが百戦錬磨の長命種と渡り合うためには、こうして集団戦を徹底するほかないのである。

二手に分かれた部隊はハの字型に展開しており、その中央には空白があった。砲兵隊の射線を通すためである。後方ではすでに山砲の据え付けが終わっており、砲兵たちが緊張の面持ちでエルフどもを睨み付けていた。

「普段より数が少なかかね。陣形も変えてきたごたっが」

「魔法使いを活用すったためん陣形かね？　エルフを相手に魔法勝負を挑んとは女々《めめ》しか連中じゃ。気に入った、正面突破に応じてやろうじゃらせんか」

エルフたちが囁き合う。自警団の総兵力は約一〇〇名。普段ならそのすべてを門の防衛に当てるのだが、今回はアルベールの作戦によって三〇名が裏口から侵入してくる敵兵の対処に割かれている。つまり、いつもより正面の防備は薄かった。

「接近中の武装集団に警告する。貴君らはガレア王国のヴァロワ王家が正統なる権利の下に所有する領域へ不法に踏み入っている」

一人の小柄な竜人が前に出て、とんでもない大声でそう宣告した。砲兵隊長マルセルである。自警団の団長はヴァルブルガなのだが、この場の装指揮は騎士階級にある彼女が担当することになっていた。

「これ以上の不法侵入は断じて認められない。今すぐ退去せぬ場合、我々は実力を行使して貴君らを排除する！」

小柄な体のどこからこんな大音声《だいおんじょう》が出ているのか小首をかしげたくなるほどの大声であった。隣で聞いていたヴァルブルガは鳩《はと》が豆鉄砲を食らったような顔で耳を押さえている。

「ないやら知らん顔が出てきたな。ないか企んじょっとか？　まあ良か、まずは普段通りにやって様子を見っど。お前《はん》ら、合戦用意！」

聞こえていないハズもなかろうに、氏族長エルフはマルセルの警告を完全に無視した。号令一下、エルフ兵は行軍用の縦隊から攻撃用の横隊へと陣形を変更していく。

横隊の展開が終わると、エルフたちは次々と背中に背負った弓を下ろし始めた。エルフの兵士はみな例外なく弓の鍛錬を積んでいる。つまり、状況に応じて射撃戦と白兵戦を巧みに使い分けることができるわけだ。

弓を構え、エルフたちはじりじりと距離を詰めていく。そこへ、人間大の大きな鳥が飛来した。いや、鳥ではない。腕の代わりに翼の生えた少女だった。鳥人である。

茶色と白のツートンカラーな羽根色を持った彼女はエルフ部隊の後方に素早く着地し、氏族長に何事かを報告した。

「ほう、やはり策を弄《ろう》しちょったか。おい、お前《はん》ら！　どうやら、敵は近くに騎馬兵を潜ませちょっごたる。合戦が始まったやすぐ奇襲にやってくっじゃろう、準備をしちょけ！」

ヴァルブルガの忠言通り、エルフたちは鳥人を従えていた。大空を自由に舞える彼女らにかかれば、偽装の施されていない伏兵などすぐに見破られてしまう。この空陸協同作戦もまた、エルフ軍の強みの一つであった。

「まずは敵ん手管に乗ったフリをすっど。前進を続けぃ！」

アルベールたちの思惑を看破してなお、エルフ兵たちは歩みを止めなかった。その顔に不安の色はない。一人の例外もなく、戦闘の興奮に目をぎらつかせている。獲物を前にした肉食獣のような表情だった。

「鳥人が来た……ということは、兄貴の位置取りはすでにバレている可能性が高いか。畜生、あいつらだけズルいんじゃないか」

自警団の防御陣の先頭に立つヴァルブルガが、冷や汗交じりに呟いた。歴戦の古兵である彼女からしても、エルフたちは尋常ならざる敵手なのだ。

「敵集団、距離一〇〇〇に接近！」

「てーッ！」

戦闘の口火を切ったのは砲兵隊であった。砲手が砲身の根元から生えたヒモを引っ張り、装薬に点火する。天を衝《つ》くような轟音が戦場に響き渡り、濃密な白煙とともに砲弾が撃ち出された。

この世界の大砲に用いられる砲弾は、まだ鉄や石でできた球形のものが一般的である。ところが、新式の四斤山砲から発射された砲弾は、まるでどんぐりのような形をしていた。

その弾が目にもとまらぬ速度で飛翔し、エルフ兵の横隊のド真ん中へと着弾する。砲弾が大地に衝突するのとほぼ同時に、内部に詰め込まれていた火薬が大爆発を起こした。

「グワーッ⁉」

小口径の山砲とはいえその威力は凄まじく、エルフ兵が一度に五人も吹き飛んだ。枯れ草のように宙を舞う彼女らを見て、自警団から快哉《かいさい》が上がる。

「爆発した⁉」

「エルフどもめ、いい気味だ！」

「こりゃ、手投げ爆弾を砲弾に転用でもしたか？　凄まじい新兵器じゃないか……！」

ヴァルブルガの顔にも薄い笑みが浮かんでいる。彼女は傭兵《ようへい》として各地を回った経験があるから、この炸裂《さくれつ》砲弾……榴弾の原理にもある程度の目星がついている。

「ほう、面白か術を使う！　いや、道具け？　まっ、どっちでも良か！」

一方、やられた側と言えば意外にもケロリとしていた。氏族長など、愉快げな笑顔とともにそんなことを呟いていているような始末だ。

「散開陣形に移行しつつ駆け足！　大技は連発がきかんな相場が決まっちょる！　急いで距離を詰めぃ！」

命令を受け、エルフ兵が一斉に走り始める。躊躇する者は誰一人いなかった。みな、肉食獣めいた獰猛な表情を浮かべている。

エルフは戦死を恐れない。それどころか、散華することを是とする価値観すら持ち合わせていた。長命種ゆえの特殊な死生観が根付いているのだ。

「怯みもしない⁉　これがエルフか……！」

いささか面食らった様子でマルセルが呟く。若くしてそれなりの戦歴を持つ彼女の目から見ても、エルフたちのやり方は異様であった。どんな豪傑でも、砲弾を間近に食らえば少しくらいは動揺するものなのに……。

「再装塡急げ！　白兵距離になる前に、一発でも多くの砲弾をお見舞いしてやりなさい！」

彼女は部下たちのもとへ駆け寄りながらそう命じた。もちろん、言われずとも砲兵たちはすでに動き始めている。

まずは砲員総出で砲車に取り付き、発射の反動で後退した砲本体を元の位置へと戻す。ひとりの兵士は先端に巨大な毛玉のついた棒を取り出し、それを砲口へと突っ込んだ。何度かそれを往復させ、砲身内部にこびりついた煤《すす》を綺麗にする。

「薬《やく》嚢《のう》ふたつ、着発榴弾！」

砲兵が火薬の布包み二つを砲口に押し込み、続いて木箱の中からドングリのような形をした砲弾を取り出した。

その先端に取り付けられた安全ピンを外し、こちらも砲口へと押し込む。砲弾の側面には鉄製の出っ張りが付けられており、これが砲身に刻まれたねじれた六角形の溝とちょうど嚙《か》み合う構造になっている。

最後に、砲身の基部に開いた穴に太い針が刺し込まれた。これで薬嚢を破り、中に詰められた黒色火薬を露わにする。そして穴に木製のプラグを打ち込むと、発射準備は完了だ。

「方位そのまま、俯角《ふかく》五度下げ！」

しかし、敵は動いているわけだから、先ほどの射撃の照準そのままで発砲しても弾は当たらない。マルセルの指示を受け、砲員たちが砲車後部に装着されたハンドルを回して照準を修正する。

「発射！」

砲手が木製プラグから伸びたヒモを思いっきりひっぱり、二発目を発砲した。猛烈な砲声と、濃霧のような白煙。砲弾はまたもエルフたちの眼前で炸裂した。精鋭砲兵だけあって、見事な腕前である。

しかし、エルフたちはすでに突撃状態にある。その隊列は散開しており、小口径榴弾が一発炸裂しただけでは大したダメージは与えられない。吹き飛んだ敵兵は二名ほどであった。

しかし、砲兵たちは一発一発の効果に一喜一憂することなく黙々と射撃作業を続けた。その動きはまるで精密機械のように統制だっている。

「マルセルさん、そろそろ穴を塞がにゃマズイですよ！」

四発目を撃ったあたりでヴァルブルガが声を上げた。砲兵の射線を通すため、自警団はハの字型に布陣している。つまり、戦列の中央に大穴が開いているのだ。このまま敵の突撃を受け止めれば、砲兵隊は間違いなく守れないし彼女ら自身も危ない。

「あと一発は撃てます、大丈夫!」

相変わらずの大声で返すマルセル。自警団長はやれやれと言わんばかりに肩をすくめた。砲兵隊長の判断にはいささか疑問があったが、だからといって勝手に陣形を変えるわけにはいかない。そんなことをすれば、今度は自警団の背中であの爆発弾が炸裂することになる。

「一方的に撃たるったぁ好かん。撃ち返せ!」

彼我の距離が二〇〇メートルほどにまで縮まったあたりで、氏族長が号令をかけた。待ってましたとばかりにエルフ兵たちが次々と矢を放ち始める。遠間の射撃だ。矢は高い放物線を描いて飛び、自警団の頭上へ雨のように降り注いだ。

「根性の入れ時だぞ、野郎ども!」

ヴァルブルガが叫び、盾を掲げた。部下たちもそれに続く。隙間のない密集陣形により、自警団員たちはお互いの身を守り合うことができた。いわば、人間でできた城壁のようなものだ。とはいえ所詮は簡素な木製の丸盾だ。遠矢とはいえ当たりどころしだいでは貫通されることもある。

そうでなくとも、矢の風切り音や盾の表面に矢じりが突き刺さる時の衝撃は尋常ではなく恐ろしいモノだ。自警団員たちは青い顔をしながら、ただ耐え続けることしかできなかった。

だが、それでも誰一人として持ち場を離れようとする者はいなかった。全員が勇気を振り絞り、敵を睨み付けている。ここで退けば、自分たちの街が蹂躙《じゅうりん》されることを理解しているからだった。

「発射！」

そうしている間に五発目の砲弾が放たれた。砲声、一瞬遅れて爆発。今度は三人のエルフが吹き飛ぶ。大した戦果ではなかったが、その力強い轟音は防戦の最中にある自警団員の心を確かに奮い立たせた。

一方、それを指揮しているマルセルは次の砲撃をどうするか迷っていた。射撃戦に移行したことで、敵の前進速度は鈍っている。いくらエルフとはいえ、走りながら矢を射ることは難しいからだ。

今の速度であれば、もう一発くらい撃ち込むことができるかもしれない。だが、現状の陣形で白兵戦になだれ込めば、敗北は確実。積極策をとるか、慎重策をとるか。なかなか判断の難しい盤面である。

「ヴァルブルガさん！　穴塞ぎヨロシク！」

結局、マルセルは慎重策を選んだ。エルフは強敵だが、だからこそ焦りは禁物だ。堅実に立ち回り、確実に勝利するべし。

「畜生、騎士様が好き勝手言いやがって！」

しかし、マルセルから見れば堅実な判断も、ヴァルブルガからすればかなり危険な命令だった。矢の雨を浴びながら陣形変更をするなぞ、よほど精強な部隊でなければ実行不能だからである。週に一回気休め程度の教練を行っているだけの自警団にそんなムチャな命令を下されても困ってしまう。

「ちっ……しょうがねえ。おい、ついてこい！」

だが、戦列の中央に穴が開いたまま白兵戦に移行するわけにもいかない。ヴァルブルガは手近にいる者たちに声をかけ、盾を構えたまま移動を開始した。こうした状況に備え、彼女は事前に自身の周囲に予備部隊を構えていたのである。

しかし、安全な密集陣から自ら離れるというのはなかなかに勇気を要する行為だ。歴戦のヴァルブルガですら、額には冷や汗が浮かんでいた。

盾の表面を矢が叩くたび、今すぐ一目散に逃げ出したいような心地になる。だが、彼女らは頑張った。誰一人欠けることなく戦列の中央にたどり着き、そこで再び密集陣を組む。これでひとまず白兵戦の準備は完了だった。

すでに、彼我の距離は五〇メートルを切っている。矢の飛び方も直線的になりつつあり、盾を貫通される者も増えてきた。

戦意を燃やす自警団員たちは血を流しながらも歯を食いしばって堪えているが、それでも二人、三人と倒れてゆく。

「大丈夫なんですかねぇ、これ！　このままぶつかったら、私ら全員ぶっ殺されちまいますよ！」

自警団員の一人が弱音を吐いた。団の総兵力一〇〇でも、エルフ四〇名というのは手強い相手なのだ。ましてや、七〇対四〇では一方的にやられてしまいかねない。

エルフと短命種の一般人とでは、それほどまでに戦闘力の差がある。何しろ彼女らは、その長い人生の大半を戦争と鍛錬に費やしてきたのである。この技量差はそう簡単に埋まるものではなかった。

「馬鹿野郎！」

もちろんヴァルブルガは部下を叱咤《しった》したが、内心では彼女と同じような不安を覚えていた。自分たちは、本当に勝てるのだろうか？

「まだ切り札も切ってねぇうちからうろたえるんじゃねえ！　兄貴に笑われるぞ！」

そう、この作戦の成否はアルベール率いる騎兵隊にかかっている。彼の大言壮語が真実であれば良し。しかし、単なる自信過剰であれば……。

「ッ⁉」

突如、戦場に信号ラッパの音色が鳴り響く。ヴァルブルガにも聞き馴染みのあるその旋律は、突撃を命じるもの。彼女はハッと西の方へと目をやった。

「……来たか！」

彼女の視線の先には、土煙を上げながら疾走する騎馬兵の集団があった。

◇◇◇

「見ての通り、相手はなかなかの強敵のようだ。未開の野蛮人だと油断をすれば足を掬《すく》われるぞ、用心しろ！」

愛馬とともに騎兵集団を先導しつつ、僕はそう叫んだ。カルレラ市の南門前では、自警団とエルフ軍が今まさに衝突しようとしている。横腹を突くには最適のタイミングだ。

エルフ軍は横隊を組んでいる。目指すはその西側の側面だ。横隊は正面への防御力はすこぶる高いが、側面や背後を突かれると弱い。

「まずはひと当てする！　吶喊《とつかん》！」

「ウーラァ！」

拍車を入れ、駈歩《くほ》から襲歩へと移行する。左手で手綱を握ったまま、右手で拳銃を抜いた。白兵戦を仕掛けるにはまだ早い。一度目の攻撃は射撃で様子を見る。

敵との距離がぐんぐんと縮まってゆく。もちろん、先陣を切るのは僕自身だ。味方の背中に隠れるような指揮官に、部下たちがついてくるはずもないからな。

「やはり来おった！　迎え撃て！」

こちらの接近に気づいたエルフ側の指揮官が叫ぶ。敵がうろたえている様子はない。どうやら、こちらの攻撃は読まれていたようだ。噂の鳥人部隊に捕捉されていたのだろうか？

指揮官と同じく、一般エルフ兵の動きも冷静かつ迅速であった。幾人かの兵士がこちらに杖《つえ》らしきものを向け、何事かを唱える。

次の瞬間、我々とエルフたちの間に高さ二メートルはあろうかという炎の壁が出現した。どうやらエルフが魔法を放ったらしい。このまままっすぐ突っ込めば、僕たちは飛んで火に入る夏の虫の気分を味わうことになるだろう。

「手はず通りにやるぞ、ついてこい！」

しかし、エルフが魔法を得手としていることはすでに聞いていたからな。こういう手を打ってくるのは予想済みだった。即座に手綱を操り、方向転換をする。

馬の速度は緩めない。全力疾走のまま、エルフ軍の背後を通り抜ける。ここからさらに曲がってエルフどもの尻にかじりつくのは難しいが、通りすがりに拳銃を撃ち込むくらいのことはできるだろう。

「撃てっ！」

命令しつつ、自らもリボルバー拳銃の引き金を引いた。そしてすぐに撃鉄を起こし、再発砲。弾倉に入った五発（この拳銃は六連発式だが、携帯時には安全のため一発抜いている）をすべて撃ち尽くした。もちろん、部下たちも同様に拳銃を連射している。

「グワーッ!?」

猛射撃を食らったエルフたちは悲鳴を上げてバタバタと倒れた。こちらも必死だからじっくり戦果を確認している余裕はないが、それなりのダメージは食らわせることができたようだ。

「見たか、野蛮人！　これが文明の力だ！」

ソニアが快哉を叫んだ。他の部下たちも歓声を上げている。

文明とは、野蛮とは……なんて哲学的な問いが脳裏に浮かんだが、一瞬にして作戦成功の歓喜に塗り潰された。僕も部下の騎士たちもエルフどもも、結局のところ同じ穴のムジナなのかもしれない。

「ないをしよる、撃ち返せ！　俺《オイ》らはエルフぞ、短命種《にせ》に射撃戦で後れを取っな！」

しかし敵もさる者。一方的にやられるばかりではなく、弓矢による反撃をしかけてくる。しかも苦し紛れの乱射ではなく、狙いを定めた正確な射撃であった。

「ウワッ!?」

数名の部下が悲鳴を上げながら落馬した。体か馬に直撃を受けたのだろう。僕自身も二の腕に矢が掠《かす》り、危うくバランスを崩しそうになった。

「アル様！」

「平気だ！」

心配の声を上げるソニアを一言で制する。矢が当たったのは板金甲冑で防護された部位だ。多少びっくりはしたが、無傷である。

「すぐに迎えに来る！　耐えろ！」

落馬した部下たちにも声をかけておく。甲冑を着込んでいるのは彼女らも同じことだ。しかも、竜人は僕のような只人よりもよほど体が頑丈にできている。馬から落ちた程度ではそうそう死なない。

とはいえ、このまま放置すれば敵兵にトドメを刺されてしまうから、救出は迅速に行わねばならない。だが、全力疾走中の馬はそう簡単には止まれない。無理に彼女らを拾いに行こうとすれば、大きな隙を晒す羽目になるだろう。

仕方がない、ここは急がば回れだ。まずはいったん距離を取り、態勢を立て直してから救出に向かうことにしよう。騎兵の機動力ならば、なんとか間に合うのではないか。

「今だ、突撃！」

自警団の方からヴァルブルガ氏の声が聞こえた。これまで守りに徹していた歩兵隊が攻勢に転じたようだ。エルフ側の戦列が乱れたのを好機と捉えたのだろう。さすが古兵、気が利いている。

この隙にいったん戦場を離脱しよう。そう思って拍車をかけるが、速度は上がらない。僕の愛馬はすでに汗まみれで、息も荒かった。馬のスタミナは存外に少なく、全力で走らせることができる距離はそう長くはないのだ。

「逃がすな！」

そんな僕たちの背中にエルフどもが矢を浴びせかけてくる。正面から自警団が迫っているというのに、悠長なものだ。いや、脅威度の低い民兵など後回しで良いと看破しているだけかもしれない。

命からがら馬を走らせ、敵から数百メートルほどの離れた地点でいったん停止する。自分や部下たちの乗馬を確認すると、みなすっかりバテているようだ。この様子では、少し休ませないと再突撃は難しかろう。

「これより徒歩戦《かちいくさ》に移る！　総員下馬せよ！」

むろん、残してきた部下たちを思えば休んでいる余裕などない。鋭い声で命令を下しつつ、僕自身も鞍から下りた。

「なかなか手強い連中ですね。ここまでやってもまだ戦意が萎えていない」

ソニアが傍《そば》に寄ってきてそう耳打ちする。彼女の視線の先には、自警団との白兵戦を開始したエルフどもの姿があった。盾と槍を揃えて集団戦に徹している我が軍に対し、エルフ軍は散開したまま応戦を開始したようだ。

普通こういった戦いではしっかりと戦列を組んだ軍勢の方が有利なものなのだが、ここから見る限り優勢なのは明らかにエルフ側だった。

攻撃を仕掛けたのは自警団側にもかかわらず、一瞬にして攻守は逆転し民兵たちは防戦一方に追い込まれている。いくら自警団員の練度が低いからといって、これはいくらなんでも異常だった。

「練度も士気も尋常ではない。奴らがこちらの新戦術に対応し始めたら手がつけられなくなる、誰一人生きて帰すわけにはいかんな」

などと答えつつ、サーベルを抜く。すでに戦場では敵味方が入り交じった乱戦が展開されている。ここへ射撃を仕掛ければ誤射は避けられない。白兵以外の選択肢はなかった。

「さあ、最後の仕上げといこうか。突撃、我に続けェ！」

馬の面倒は従士隊が見てくれるから、そのまま乗り捨てていっても問題はない。僕はサーベルの切っ先を戦場に向け、大声で命令を下した。

「ウーラァ！」

騎士たちが叫び、突進を始める。騎馬突撃を仕掛けた直後に徒歩突撃だ。なんとも愉快な流れだな。口元に浮かぶ苦笑を隠すため、僕は兜のバイザーを下ろす。

「また来おったぞ！」

「良か根性じゃ、今度こそ返り討ちにしてやれ！」

エルフ陣営から矢が飛んでくる。自警団との戦いを片手間にこなしながらこちらにもしっかり対応してくるのだから、余裕があるにもほどがある。嫌になるほど精強な奴らだ。

「恐れるな！　矢ごときでは魔装甲冑は貫けん！」

部下たちに檄《げき》を飛ばす。魔装甲冑というのは、その名の通り魔法によって強化された甲冑のことだ。

この処理が施された板金鎧は、ライフルの直撃に耐えるほどの強度を得る。落馬した部下たちももちろん魔装甲冑を着用しているから、敵中で孤立しても少しの間なら耐えられるだろう。

心配なのはむしろ落馬の衝撃だ。いくら竜人が丈夫といっても限度があり、頸椎《けいつい》が折れれば普通に死ぬ。馬から落ちた拍子に命まで落とす騎士は決して少なくはなかった。

「ガレア騎士に弓矢が効くか！」

「我々のご先祖様がアヴァロニア王国ご自慢の長弓兵を打ち破った逸話を知らんようだな野蛮人どもめ！」

同僚が心配なのだろう。部下たちはことさらに勇ましい声を上げつつ我先にと前へ進んでいった。矢が命中しても小揺るぎもしない。

エルフの矢じりは我々の装甲を貫通できず、甲高い音とともに弾かれるばかりだった。まるで戦車にでもなったような気分である。

もっとも、いくら全身鎧といっても本当に全身を覆っているわけではない。関節部などは無防備だし、装甲で弾けた場合も結構な衝撃があるので普通にクソ痛い。

だが、仲間のことを思えば怖《お》じ気づいてなどいられない。僕は自ら先陣を切り、脇目も振らず敵部隊を目指す。

「待たせたな！」

前線では、僕たちに先立って二人の騎士がエルフ軍に応戦していた。落馬した部下たちだ。一人足りないようだが、と視線を巡らせると、彼女らの足下で伸びている甲冑女がいる。

「そいつは……クロエか！　無事なのか⁉」

「わかりません！　呻いてましたから死んじゃいないようですが」

返ってきた答えはなかなか心配なものであった。確かに、交戦中では手当どころか様子を見ることすらままならないだろう。早く後送《こうそう》してやらねば。

「援護する。お前たちはクロエを連れていったん下がれ！」

もはや敵は眼前にまで迫っている。僕はサーベルを天高く振り上げ、手近な敵兵へと斬りかかった。

「キエエエエッ！」

絶叫とともに剣を振り下ろす。このやり方を教えてくれたのは、前世で師事した剣の師匠であった。気合いで敵を圧倒し、出鼻をくじく効果があるのだという。

試合ではたいへんなひんしゅくを買ったこの絶叫戦法だが、実戦ではかなり効果的だ。やられた側のエルフ兵は面食らった様子で眉を跳ね上げ、手にした木杖《もくじょう》で僕のサーベルを受けようとする。

そしてそのまま、彼女は袈裟《けさ》懸けに両断された。初太刀で相手を打ち倒すことに特化した剛剣と業物の切れ味の組み合わせは、下手な防御など一方的に無効化できるだけの威力があるのだ。

「見事な太刀筋！　男んごたっ声をしちょるくせに、やりおる！」

仲間が真っ二つにされたというのに、周囲のエルフ兵はひるむどころか愉快げに笑い出す始末だった。まったく、嫌になるくらい肝の据わった連中だな。

「男のような声、と言ったか？　今」

血塗《まみ》れの刃をエルフどもに向け、僕は大声で問いただした。

「誤解しているようだから訂正しよう。我こそはガレア王国女王、パスカル・ドゥ・ヴァロワ陛下の臣にして、法衣騎士デジレ・ブロンダンが長男アルベール・ブロンダンである！」

戦場に着いたらまず大声で名乗りを上げろ、というのが現世の母の教えである。なんでも、これをやらないと戦後に手柄を主張できなくなるらしい。

現代国家で軍人をやっていた僕には馴染み難い習慣だが、郷に入っては郷に従えと言うしな。一応、しっかり自己紹介はしておこう。実質的にはこれがエルフとのファーストコンタクトであるわけだし。

「ほんのこつ男にごわすか!?」

「男騎士ちゅうわけか。珍しかもんもあったもんじゃ」

エルフどもが一斉にざわついた。僕が名乗りを上げると、だいたいこういう反応になる。甲冑を着込んで戦場に出てくる男など、物語にしか存在しない存在だと認識されているからだ。

「男騎士、か。油断しちょったとはいえ、あんジラをなますにすっような戦士《ほつけもん》じゃ。伊達や酔狂で戦場に出ちょっわけではなかっど」

そう言ったのは、エルフどもの中でも一際長身の女だった。服装は他の連中と大差ない地味なポンチョ姿ではあるが、立ち振る舞いから見ると彼女がこの集団の頭目であるらしい。

「強か男ん種からは強か子が産まるっもんじゃ。おい、お前ら《はん》。戦利品は山分けすっとが掟《おきて》じゃが、そん男は例外にしてやっど。婿取りがしよごたっ者はせいぜい気張って生け捕りにすっことじゃな」

なんと、頭目は僕本人を前に堂々と戦利品呼ばわりをし始める。

「さすがは氏族長様！　話がわかっちょる！」

「おいもそろそろ身を固むっ頃合いじゃや。ちょうどよか、もろうていこうじゃらせんか」

一般エルフも一般エルフで、頭目の野蛮な宣言に対しても苦い顔をするどころか目を輝かせ始める始末である。自警団連中と戦っていた奴らまでもが現場放棄をしてこちらに殺到し始めたものだから、もう滅茶苦茶だ。

外見は森の妖精めいた可憐《かれん》さだというのに、中身は誘拐婚上等の蛮族というわけか。ギャップで脳味噌《みそ》が焼かれそうだよ。

いや、逆に考えよう。妖精めいた神秘的な美女がこぞって僕を求めてくれているのだ。ある意味男冥利に尽きる状況ではあるまいか。

……うん、なんだか敗北ルートもアリな気がしてきたぞ。このまま頑張っても、左遷された男騎士に良縁なんぞ来るはずもないしな。戦利品にされた方がむしろ人生バラ色になるやもしれん。

「ド外道が好き勝手言いおってッ！　このわたしがいる限り、貴様らの思うようにはさせんッ!!」

などと考えていたら、ソニアが暴走機関車のような勢いで敵陣に突っ込んでいった。刃渡り一五〇センチ以上という凄まじい大きさの両手剣を片手で軽々と振り回し、こちらへ迫るエルフ兵へと襲いかかる。

「まっ、立場を考えれば負けなど許されるはずもなし……」

周囲に聞こえないような声でそう呟き、僕も続いて突撃する。軍人は個人的な幸福よりも任務を優先せねばならないのだ。悲しいね。

「キイエエエエッ！」

「オワッ!?」

手近なエルフに向け、渾身《こんしん》の力を込めて剣を振り下ろす。しかし、彼女はこれを華麗な宙返りで回避してしまった。一般兵とはとても思えない身の軽さである。

「おっと、危なか！　じゃが、所詮はイノシシ戦法！　一ん太刀さえ躱《かわ》してしめば対処は容易じゃ！」

エルフ兵はニヤリと笑って木杖を構え、こちらに殴りかかってきた。いや、杖ではない。よく見れば木製の剣であった。

しかも、その刃の部分にはびっしりと黒曜石の鋭利な破片が埋め込まれている。下手な鉄剣などよりよほど殺意の高い武器だ。

黒曜石の刃がギラリと煌《きら》めき、僕へと迫る。乱杭歯《らんぐいば》めいたその形状は、一般的な鉄剣と比べてもなお威圧的で恐ろしい。僕は慌てて身を逸らし、猛然と振り下ろされたそれを間一髪で回避した。

「ちぃっ……！」

全身全霊の一撃を振るい、一太刀で敵を葬る。これが僕の基本戦術だ。とにかく短期決戦に特化した剣術だから、受けに回ると弱い。

「突然しおらしゅうなったな？　エエッ、男騎士！」

下卑た笑みとともに怒濤《どとう》の連続攻撃を仕掛けてくるエルフ兵は、そのあたりの事情をすべて看破している様子だった。長命種はこれだから嫌なんだ。一般兵ですらそこらの古兵を遥かに上回る戦技といくさ勘を持ち合わせている。

「初太刀を躱せば……ね。ふん。そんなことを言ったヤツはかならずチェストせよ、というのが師匠の教えでね……！」

大きく息を吐き、体勢を整える。受けに回ると不利だというのは誤魔化しようのない事実だ。しかし、劣勢を覆す技量がないと思われるのは心外だった。

「……チェスト！」

横薙《な》ぎに振るわれた木剣を、籠手の装甲部で受け流す。相手の剣筋が乱れた隙を逃さず、素早い刺突を差し込んだ。サーベルの切っ先がエルフ兵の喉元を貫く。彼女は驚愕の表情を浮かべ、血を吹き出しながら倒れ伏した。

「ムッ⁉」

しかし、一人を倒したからといって安堵している暇はない。近くにいた別のエルフ兵が、こちらに向けて風刃の魔法を放ってきたからだ。

この手の魔法は斬撃こそ不可視だが、発動者の視線を追えばだいたいの軌道は読むことができる。風の刃《カマイタチ》を剣で弾いてから、僕は周囲の部下に警告を発した。

「気を付けろ！　こいつらの剣は魔法杖と兼用らしいぞッ！」

エルフの剣が木で作られている理由がわかった。あれはむしろ、魔法の杖に剣としての機能を追加した武器なのだ。

杖は魔法発動のために必須の道具であり、これなしではライターほどの小さな火を灯《とも》すことすらできない。例外は自らの肉体に作用する魔法だけだ。

つまり、いわゆる魔法剣士のような戦い方をするためには杖と剣をそれぞれ携行する必要があるわけだが……エルフどもは、特殊な武装を用いることでこの問題を解決してしまったわけだな。

「前任者たちが難儀するはずだ……」

戦いつつ、小さく呟く。敵を侮っていたつもりはないが、それでも見積もりが甘かったかもしれない。

装備にしろ練度にしろ、単なる蛮族とひとまとめにして良いような連中ではない。同格以上と戦っているつもりでやらねば足を掬われてしまうだろう。

「押し込め、ヴァルブルガ！　数の利を生かすんだッ！」

すぐ近くで戦っている自警団に指示を飛ばす。砲撃や馬上からの銃撃によって、すでにエルフどもの人数は三〇人を割り込んでいる。対して、こちらはまだ八〇名以上が健在だ。

つまり兵力差は三倍近く。どんな達人が相手だろうと、袋叩きにしてしまえば勝てるからな。挽回《ばんかい》の隙を与えないよう気を付けつつ、このまま勝負を決めてしまおう。

「距離を詰めてしまえば魔法や弓は使えない！　白兵戦を強い続けるんだ！」

続けざまに騎士隊の方にも命令を出しつつ、自らも剣を振り上げ突進する。呪文を唱えていたエルフ兵に斬りかかると、彼女は舌打ち交じりに詠唱を中断。くだんの木剣を手に応戦し始めた。

「思い切りが良かのぉ。男にしちょくのがもったいなかど！」

「喜べばいいのか怒ればいいのかわからない言葉をありがとう！」

初太刀は避けられた。エルフどもはみな身のこなしが尋常ではなく良い。反撃として振るわれた木剣をステップで回避し、そのまま身をよじって蹴りをお見舞いする。

「ぐッ!?」

エルフは竜人などに比べれば遥かに華奢にできているから、僕の体格でも十分に姿勢を崩す程度のダメージは与えられる。よろけた彼女を逆袈裟で切りつけ、とどめとばかりに再度蹴り飛ばした。

「無念……！」

「次は俺《オイ》じゃ！」

「ええい、際限がない！」

兵力では優越しているはずなのに、倒しても倒しても敵が向かってくる。それだけ僕が集中的に狙われているということだ。モテる男はツラいねえ、などとむなしい言葉を心の中で吐く。戦場で敵にモテても嬉しくねぇよ。

「雑兵風情が群がって！」

この状況に業を煮やしているのは僕だけではなかった。ソニアが咆哮《ほうこう》を上げ、長大な両手剣を手に突撃を仕掛ける。

たちどころに数名のエルフ兵が雑草のように刈り取られた。その暴れぶりはまさに竜のごとく。何しろ彼女は王国最強とまで呼ばれる剣士だ。老練精強なエルフが相手でも後れを取ることは決してない。

「兄貴たちがあんなに頑張ってんだ！　地元民のお前らがそんな調子でどうする！」

ソニアの活躍に背中を押されたか、自警団の方も再び前進を始めた。身を寄せ合い、盾でお互いを守りつつ、槍の穂先を揃えてただひたすらに刺突を繰り返す。単純な戦法だが、それだけに隙は少ない。

このような密集陣形を打ち破る際の最適解は迂回《うかい》攻撃なのだが、僕たち騎士隊の猛攻がそれを許さない。さしものエルフどもも挟み撃ちをされては分が悪かった。

散開していた彼女らの隊列はいつの間にか緊密になり、前後を騎士隊と自警団に挟まれた状態でひたすら防戦を強いられるようになっていった。エルフ兵が得意とする遊撃戦とはかけ離れた状況である。

「ちっ……仕方なか。いったん退っど！　仕切り直しじゃ！」

さすがに旗色悪しと見たか、リーダーエルフが木剣を天に掲げてそう叫んだ。やらせはせんよ、このまま殲滅する。……と、口に出すよりも早く、彼女は続けざまに予想だにしない命令を下した。

「正面突破じゃ、行っど！」

エルフの頭目は、木剣の切っ先を僕に向けつつとんでもないことを言い出す。嘘だろう、マジの真正面じゃないか。一番防備の厚いところに突っ込んでくる気か。

「手土産なしでは帰れんもんなぁ！」

「男か猛者ン首級《しゅきゅう》か！　ああ、悩ましかと！」

めちゃくちゃな命令だったが、一般エルフ兵たちは躊躇もせずに従った。それまで自警団と矛を交えていた連中が一斉に踵を返し、僕たちの方へと殺到してくる。

「戦いの最中に背中を向けるだと⁉　舐めた真似を！」

当然、ヴァルブルガ氏は憤慨して追撃を命じた。しかし、自警団は単なる民兵だ。しかもこれまでの戦闘でずいぶんと疲弊している。そんな状況で突然の戦況の変化に対応できるはずもなく、追撃の足並みはずいぶんと乱れていた。

「どさんぴんが出しゃばりおって！」

むろんそんな付け焼き刃の攻撃を許すエルフどもではない。即座に炎壁《ファイヤーウォール》の魔法が撃ち込まれ、自警団の出鼻をくじいた。鼻先を焦がす炎を前に、民兵たちは慌てて前進を停止する。

「愉快な真似をしてくれるじゃないか、エエッ⁉」

猛然とこちらに向かってくるエルフ集団を見て、僕は無理やり口角を上げてみせた。もちろん、強がりだ。状況はまったく笑えない方向に転がりつつある。

自警団の進路が塞がれたことで、エルフどもはすべての戦力を僕たちの方に集中できるようになった。現在、エルフどもと騎士隊の兵力はほぼ同数。一時的なものではあるが、兵力が拮抗してしまった。

「一対一なら勝てると思ったか？　笑止！　敵の突撃を粉砕する。我に続け！」

ここで受けに回るのは悪手だ。逆襲を仕掛け、破れかぶれの突進など粉砕するべし。僕はサーベルを構え、命令を下すと同時に走り始める。

「ウオオオオッ！」

戦列も何もあったものではない乱戦が始まった。蛮声、剣戟《けんげき》、呪文の詠唱、そして悲鳴。様々な戦場音楽が、長閑な田舎道に響き渡る。土を足と車輪で踏み固めただけの簡素な街道は、今や血と屍《しかばね》によって舗装されていた。

それにしても、エルフは手強い。すでに当初の半分近い数まで兵力が減っているというのに、その圧力は減じるどころか増しているようですらあった。ここまでやられてなお、戦意を喪失しないというのは尋常なことではない。

「ガレア騎士の栄光を穢《けが》すな！　竜の意地を見せろ！」

そんなとんでもない連中が相手でも、僕の部下たちは一歩も退《ひ》かず立ち向かっている。鋼と木の剣がぶつかり合い、弾け飛んだ黒曜石のカケラがキラキラと輝きながら宙を舞った。

勝負は互角、と言いたいところだが……どうやら、剣の腕は敵方の方が上回っているようだ。むろん一方的にやり込められるようなことはないが、明らかに後手に回っている。

これは我が方の騎士たちの腕が悪いのではなく、長命種ゆえの老練の手管に翻弄されているせいだ。せいぜい十数年程度の鍛錬しか積んでいない我々と、一〇〇年以上の時を武芸に費やしてきたエルフどもでは、やはり埋めがたい技量の差がある。

「焦る必要はない。自警団との再合流までの時間を稼げれば十分だ！」

そんな中でも目覚ましい活躍ぶりを示し続けているソニアが、同僚らを元気づけた。戦いの中でも熱くなりすぎず、こうして冷静な判断ができるのが彼女の長所である。

……が、そうは問屋が卸さない。戦い方を見るに、どうやらエルフ側も時間稼ぎを狙っているような気配がある。敵の思惑に乗るのはちょっとおいしくないだろう。

敵の目的はあくまで撤退だ。よく見れば、激しく剣を交えているエルフ兵がいる一方、後方で隙を窺っているエルフ兵の姿もある。戦線が膠着《こうちゃく》したタイミングで一気に離脱を狙う腹づもりなのだろう。

「守りに入るな！　攻撃の先に勝利はある！」

だからこそ、僕はソニアの命令を上書きするようにそう叫んだ。そして自ら、手近なエルフに打ちかかる。

「グワーッ⁉」

敵兵は素早く身を翻して回避しようとしたが、ぐいと踏み込んで強引に切り捨てる。そう何度も避けられては、前世の師匠に申し訳が立たない。

「こん男、剣技といい采配といい生半可じゃなか。お前《はん》らでは、こげん高嶺《たかね》の花には手が届かんじゃろう」

さて次の獲物は……と目をやった先にいたのは、くだんの頭目であった。彼女は獰猛な笑みを浮かべつつ、なおも僕の方へとにじり寄ろうとする一般エルフ兵らを手で制した。

「じゃっどん、仕留めがて獲物ほど魅力的に見ゆっともまた真理。ふふ、気に入った。お前《はん》、名はアルベールというたな？」

「いかにも」

「俺《オイ》はイレナ。ヴェンテルス一門の氏族長、イレナ・ヴェンテルス。お前《はん》の妻となっ女ン名じゃ。覚えちょけ」

イレナと名乗ったエルフは、獲物に狙いを定めた狩人そのもの表情で舌舐めずりをした。神秘的な美貌に見合わぬその野性味溢れる所作に、思わずドキリとしてしまう。

いかんいかん、戦いの最中に何ときめいてるんだ。これだから童貞はいかん。小さく息を吐き、鼓動を整える。

「顔も見ていない相手によく求婚できるものだな」

「ツラなぞどげんでん良かっど。肝心なんな心じゃなかとか？」

軽口を飛ばしたつもりが、さらりと返されてしまった。ヤバいなぁ、ちゃんとしたシチュエーションでこの台詞《せりふ》を吐かれてたらマジで落ちてたかもしれん。

でも、ここは戦場でイレナは敵だ。残念ながら、今の僕には彼女を倒す以外の選択肢はないのである。ヤンナルネ……。

「黙って聞いていれば好き勝手！　そんなに人生の墓場に行きたいなら、行かせてやる！　冷たい墓石の下になッ！」

ソニアが竜のごとき咆哮を放ち、剣を振り上げイレナに襲いかかろうとした。が、その行く手を遮るものが現れる。三名のエルフ兵だ。

「お前《はん》の相手は俺《オイ》らじゃ！」

「イレナどんが結婚バして隠居すれば、次の氏族長は俺《オイ》じゃ。邪魔はさせんど！」

「氏族長は男んえり好みが激しかど……やっと結婚しよごたっ男が現れたんじゃ、こん期を逃す手はなか！　トカゲ女ふぜいに邪魔をさせっんじゃなかぞ！」

「ヌウ……！」

エルフ兵どもは素晴らしい連携でソニアを攻め立てた。いかな彼女でも、三名の強敵を鎧《がい》袖一触《しゅういっしょく》に切り捨てるのは不可能だ。悔しげに歯噛みし、ソニアは僕の方をチラリと見る。

「こちらは自分でなんとかする。ひとまず、ソニアは眼前の敵の排除に集中しろ」

ソニアの援護が得られないのは辛いが、焦って無茶なことをすればいくらソニアでも不覚を取ってしまうかもしれない。僕は彼女を安心させるように微笑みかけ、視線をイレナに戻した。

「お望み通り、貴方の名は一生覚えておこう。戦いの末に打ち倒した強敵として、な」

「言いおる！　ますます好きになったぞ、アルベールッ！」

叫ぶなり、イレナは地面を蹴りこちらへ突進してきた。剣を構え、それを迎え撃とうとする。

……が

「風よ！」

イレナが突風の魔法を放った。土煙が舞い上がり、僕の方へと押し寄せる。

「目潰しとは……！」

これが三下のやったことならば、窮余の一策だと鼻で笑うところだが……エルフどもの実力は折り紙付きだからな。手段を選ばないタイプの達人ほど手に負えない相手はない。

最大限の警戒をしつつ、目を閉じる。足音で敵の接近を察知し、タイミングよく目を開いて振り下ろされた木剣をサーベルで弾き返した。

「小細工の通用する相手ではなかったとか！」

第一撃を防がれたイレナはむしろ嬉しそうであった。整った美貌を獣のように歪め、歯を剥き出しにしている。

「ちっ」

しかし、僕としては初手を取られた時点でかなりの損失だ。何しろこちらは攻撃特化の短期決戦型。受けに回るといささか具合が悪い。

「ちぇええええいッ！」

声を張り上げつつ反撃の剣を振るう。得意の大上段からの振り下ろしはしかし、華麗なバックステップで回避されてしまった。体操選手を思わせる軽快な動きだった。

「ふっ！」

イレナはいったん離した距離を一瞬で詰め、木剣を横薙ぎに振るう。回避から攻撃に移り変わるまでのタイムラグが恐ろしいまでに短い。思った通り、彼女はよほどの達人であるようだ。

軽装のエルフと違い、こちらは二〇キロほどもある全身甲冑をまとっている。こんな格好で先ほどの彼女のような回避運動を行うのはなかなかに困難だ。だから僕は、あえてイレナの攻撃を正面から受け止める。

黒曜石の刃が胸甲にぶつかり、景気の良い音を奏でた。いくら鋭利であっても、天然ガラス程度の強度で魔力で強化された鉄板が切り裂けるはずもない。黒光りする破片が周囲に弾け飛ぶ。

「ちぃッ！」

今度はイレナが舌打ちする番だった。もちろん彼女は甲冑の隙間を狙って攻撃していたが、僕はそれを体をズラすことで対処している。甲冑戦闘術には鎧自体を盾として積極的に活用する手管も含まれているのだ。

「ツアァ！」

が、一撃を防いだだけで大きな隙を晒してくれるほど、イレナは容易《たやす》い相手ではない。こちらが反撃に転じるより早く、彼女は剣を翻し更なる攻撃を放つ。

「ぐっ！」

僕はこれを籠手で防いだが、思わずたたらを踏むほどのダメージを受けてしまった。よく見れば、イレナの剣の振り方は先ほどとはずいぶんと違っていた。

斬撃ではなく、打撃。速さよりも重さを重視した一撃である。エルフの剣は木目の詰まったいかにも重そうな木でできている。棍棒としての性能は鉄製のメイスにも匹敵するだろう。

「刃ン通らん相手は殴って殺せ！　エルフん格言じゃ！」

「なるほど実務的な格言だなぁ！」

いくら全身甲冑でも、硬くて重い棍棒でボコボコにされまくるのはしんどい。やはり、防御に回るのは悪手だ。

「ならば……！」

攻撃する側に回るまで！　僕は大きく息を吸い込み、僕がたった一つだけ習得している魔法を発動した。

その名も身体強化。読んで字のごとく、筋力を一時的に増強する魔法だ。火の玉を飛ばしたりするような魔法に比べれば地味だが、貧弱軟弱な只人が亜人に対抗するためには不可欠な能力である。

「キエエエエエエエエッ！」

強化された筋力を用い、全力で地面を蹴った。防御を捨てた全力疾走でイレナに迫る。

「なにっ⁉」

さすがの彼女もこれは予想外だったようで、美貌を驚愕に歪めた。しかし、もちろん呆気《あっけ》にとられて隙を晒すような無様はしない。即座に木剣を振り上げ、大上段からの振り下ろしで迎撃を図る。

木剣は僕の左肩の付け根に直撃した。ちょうど、胴鎧と肩当ての接続部のあたりだ。

重なり合った装甲のお陰で切断こそ免れたが、嫌な音と感触があった。たぶん、最低でも脱臼くらいはしているだろう。骨も砕けているかもしれない。

だが、脳に充満するアドレナリンのお陰か不思議と痛みはなかった。僕は蛮声とともに砲弾めいて突進し、イレナに体当たりをしかける。

「グワーッ⁉」

悲鳴を上げながら吹っ飛ぶイレナ。彼女の方が身長は高いが、こちらは鋼の甲冑で体重を水増ししている。少々の体格差くらいなら問題にもならない。

だが、これだけでやられてくれるほどイレナはヤワではなかった。空中でネコのように身をよじり、見事な姿勢制御で足から着地する。

「チェスト！」

こちらも敵が油断ならぬ達人であることは承知しているから、体当たりひとつで勝負を決める気などさらさらなかった。そのまま突撃を継続し、彼女の脳天に向け剣を振り下ろす。

「ぐう……っ⁉」

イレナはこれをなんとか避けようとしたが、姿勢の崩れた状態ではそれもままならない。頭への直撃は逃れたものの、左の二の腕から先がばっさりと切断された。

腕が宙を舞い、鮮血が吹き出す。悲鳴はなかった。イレナは歯を食いしばり、僕の方を睨み付けている。まだ勝負を諦めていない顔だ。

「せぇい！」

鋭い突きが僕の胸に刺さる。胴鎧の上からでも息が詰まるような強烈な一撃であった。

追撃の手が止まった一瞬に、イレナはバックステップでさっと後退してしまった。体勢を立て直そうというハラだろう。

「そうは、させん！」

僕の使う強化魔法は瞬間的な出力に特化したものであり、代償として効果の継続する時間はわずか三〇秒という短さであった。その上、魔法が切れると致命的なまでの倦怠感《けんたいかん》が全身にのしかかるという副作用付きだ。

つまり、三〇秒で勝負を決めねば敗北はほぼ必至というわけだ。残り時間はおおよそ一五秒。もはや猶予はない。

「らァ！」

全力の再突進。そのまま即座にスライディングを仕掛け、彼女の足を狙う。

「うっ⁉」

さしものイレナもこれは躱せなかった。そのまま転倒する彼女を尻目に、僕はバネ仕掛けのオモチャのような勢いで立ち上がる。そしてくるりと振り向き、地面に転がるイレナの首筋へ

サーベルを突きつけた。

「勝負あり……で、よろしいか？」

「…………殺さんのか？」

イレナはむしろ不満げな様子で問いかけてきた。確かに、このまま剣を押し込めば回避の余地なく彼女を殺すことができるだろう。

「あれほど情熱的に求婚してくれた相手を殺めるのは忍びなくてね」

「嘘こけ」

苦笑交じりに首を左右に振り、イレナはゆっくりと体を起こした。そのままあぐらを組み、激戦の末ぼろぼろになった木剣を丁寧な手付きで地面に置く。もはや戦意は失っているようだった。

「おおかた、捕めて情報を絞っ腹づもりじゃろ」

「察しのよろしいことで……」

事実であった。僕は別に、人道に気を遣って彼女の生け捕りを目論んでいるわけではない。捕虜を取ることで、エルフの情報を収集しようと考えているのだった。

何しろ僕たちはエルフのことなど何も知らないのだ。戦うにしろ融和するにしろ情報は必須だからな。上位者の捕虜はなんとしても手に入れておきたいところだ。

「お前《はん》ではなく俺《オイ》の方が虜《とりこ》になるというのは、なかなか倒錯的で面白い状況じゃの。まあ、案外悪か気分はせんど」

そう言ってイレナは笑い、すぐに硬い表情に戻った。そして、ポンチョの中から何かを引き抜く。短い片刃の山刀であった。あの特徴的なエルフ剣と違い、鉄でできている。

「ッ!?」

往生際悪く抗戦するつもりかと思ったが、違う。その切っ先は彼女自身の腹に向いていた。切腹をするつもりだ!

「すまんな、敗将はさぱっと腹バ召すのがエルフの掟じゃ……!」

イレナは一切の躊躇も見せず、腹に山刀を刺そうとする。しかし、それをやらせるわけにはいかない。僕は電光石火の勢いで彼女に組みかかり、その首を絞め上げた。

「ぐ、ぐ……な、何を……」

「ふざけるんじゃねぇぞッ! 敗者にそんな勝手を許すかよッ!」

武人としては、ここで自決を図ろうとするイレナの気持ちは理解できなくもない。しかし、いち軍人としては貴重な情報源をここで死なせるわけにはいかなかった。

「貴様《きさん》、戦士ン死を穢す気か……!」

憤怒も露わに暴れるイレナだが、もはやどうにもならない。そのまま首を絞め続けると、一〇秒もしないうちに意識を失ってしまった。柔術は前世の頃からの特技だ。このあたりの手際には自信がある。

「恨まれそうだなぁ、こりゃ」

死に場所を逸した戦士ほど惨めなものはない。本気で申し訳ない気分になりつつ、ため息をついた。

だが、必要という名の大義名分があれば、どんな無情も悪徳も無視せねばならないのが軍人というものだ。良き軍人たらんと自認している僕がそこを履き違えるわけにはいかなかった。

「アル様！」

そこへ、ガシャガシャとロボットみたいな足音を立てながらソニアが駆け寄ってきた。

彼女の甲冑と陣羽織《サーコート》は鮮血で赤黒く染まっている。しかし、怪我をしている様子はなかった。

一対三の勝負を強いられながら、一方的に返り討ちにしてしまったらしい。やはり、王国最強の剣士という異名は伊達ではない。

「ご無事ですか？」

「ちょっとくたびれたよ。あと、左肩が外れちゃった」

兜のバイザーを上げ、左腕をプラプラさせながら笑いかける。一般兵が相手ならば「問題ない」と答えるところなのだが、ソニアは幼馴染みで副官だ。強がったところで一瞬で見抜かれてしまうだろうから、正直に答えた。

すでに強化魔法の効果も切れている。亜人並みの膂力を得た代償として、僕の全身には耐えがたいほどの虚脱感がのしかかっていた。まるで骨と肉がすべて鉛に変わってしまったような感覚だ。正直、これ以上戦うのはかなり辛い。

ここまで強烈な副作用があるというのに、強化魔法込みでもソニアには力負けしてしまうのだからやりきれない。男女・種族間の身体能力の差は、魔法を用いたところでそう簡単に埋まるものではなかった。

「まあ、僕の方は軽傷だ。しかし、彼女には手当てが必要だ」

白目を剝いて泡を吹くイレナをちらりと見て、小さく肩をすくめる。僕は脱臼で済んでいるが、こちらは腕をまるまる一本失っているからな。いくら亜人が強靭《きょうじん》とはいえ、早急に止血せねばまずい。

「とはいえ、僕たちにはまだ仕事がある。従士隊を呼び戻してくれ。捕虜の世話は彼女らに任せよう」

体力的にはもう限界が近いが、もうひと頑張りする必要がある。僕は地面に落ちた愛刀を拾い上げ、それを高々と掲げた。

「敵将討ち取ったり！」

声を張り上げ、そう宣言する。頭目のイレナが倒されたことをアピールし、エルフ兵の士気を削《そ》ぐ作戦だった。この世界では、たいていの場合大将を討ち取ればいくさは終わるのだが……。

「氏族長がやられた⁉」

「黄泉路《よみじ》の一人旅はさみしかろう。俺《オイ》らも供をすっど！」

……案の定、エルフどもはかえって奮起をし始める始末だった。本当に厄介な連中だな、オイ。その上、ちゃっかり撤退している連中もいるようなのだから、手に負えない。どうやらエルフどもの中では、居残って足止めに徹する係と生き延びて戦訓を持ち帰る係とがしっかりと役割分担されているらしい。そりゃあ手強いはずだよ。

「さて、残敵掃討だ。戦争の一番おいしい部分だぞ、存分に味わえ！」

野蛮極まりない台詞を吐きつつ、味方の戦列に加わる。戦いも宴会も、後始末が一番肝心なんだ。最後まで気を抜くわけにはいかない。さあ、もうひと頑張りといこう。

◇◇◇

エルフどもは死兵と化して戦い抜き、最後の一人が倒れたのは太陽が西の空に傾き始めた頃合いだった。

長閑な田舎町の門前は屍と鮮血に埋め尽くされ、地獄が現世に顕現したような様相を呈している。

「勝ち鬨《どき》を上げよ！」

「オーッ!!」

しかし、生き残った者たちの表情は明るかった。古今東西のどんな銘酒よりもうまい、勝利という名の美酒をたらふく飲み干したからだった。

カルレラ市民兵と騎士たちは酩酊《めいてい》したような表情で剣や槍を天に掲げ、獣のような咆哮を上げた。

「戦場清掃を急げ！　これだけ暖かいと、すぐに腐敗が始まるぞ！」

しかし、その余韻に浸っている暇はない。宴《うたげ》が終われば後片付けが待っているのと同じように、合戦もまた後始末が必要だからである。

最優先でこなさねばならないのは遺体の埋葬だった。血の臭いに誘われて猛獣が街に近づくと厄介だし、腐敗が進めば疫病を招く。恨みを残して死んだものはアンデッド化しやすいというファンタジー世界特有の事情もある。

黄泉帰《がえ》った死体に知性はなく、誰彼構わず襲いかかる獣にすぎない。こうしたアンデッドは並みの猛獣や賊よりもよほど厄介だから、敵兵といえどしっかりと弔ってやる必要があった。

そういうわけで、突貫作業が始まった。兵隊だけでなく街からも人を呼び、戦死者・負傷者の集計を行ったり、墓穴を掘ったり、戦利品を整理したりと様々な作業をこなす。

「代官様！　エルフの頭目との一騎討ち、見てましたよ！」

「あのエルフをこうも簡単にやっちまうなんて、さすがは騎士様です！」

それらの作業を監督していると、数名の自警団員がやってきて口々にそんなことを言った。まだ一〇代半ばくらいと思われるあどけない顔には、血なまぐさい場所には似つかわしくない明るい笑みが浮かんでいる。

「あたしら、これまでずっとやられっぱなしでしたから、もう胸がすく思いでしたよ！」

「しっかしあのエルフ、いきなり目潰しだなんて卑怯《ひきよう》すぎますよね！」

「凶暴で陰険！　あと淫乱！　ろくでもない連中ですよ、本当に」

雁首《がんくび》を揃えた娘たちはマシンガンのように言葉を吐き出す。いろいろなものが反転したこの世界だが、女三人寄れば姦《かしま》しいという慣用句だけはそのまま流用できるようだった。いや、男三人集まっても姦しいけどな、この世界の場合。

「お前ら、兄貴の邪魔をするんじゃねえ！　散った散った！」

対応に困っていると、ヴァルブルガ氏が助け船を出してくれた。彼女が拳を振り上げると、若者たちはきゃあきゃあ言いながら退散していく。やれやれ、助かった。あんな連中に絡まれてたら仕事どころじゃなくなってしまう。

「すみませんねぇ、兄貴。みんな浮き足立っちまってまして」

「勝利とはそういうものさ。負けて辛気くさい顔をしてるよりよほどマシだよ」

「ははは、そいつは真理ですな。……しっかし、本当にこうも容易く勝っちまうとは。連中じゃありませんが、兄貴様々ですよ！」

ゲラゲラと笑いつつ僕の背中をバシバシと叩くヴァルブルガ氏。彼女も彼女でずいぶんと上機嫌のようだった。それはいいけどこっちは負傷者だぞ、クソ痛いからやめたまえ。

もちろん肩の脱臼はすでに元の位置に戻してあるが、それでもやはり痛いものは痛い。というか、脳内麻薬が切れてきたせいかむしろ負傷直後よりもよほど辛いくらいだった。

正直なところそっとしておいてほしかったが、なんでもないような顔を作って彼女の背中を叩き返してやる。脱臼程度で泣き言を口にすれば兵たちに笑われてしまうからだ。将校に痩せ我慢は必須のスキルなのである。

「さっき、町の方からも伝令が来ましたよ。裏口から侵入してきた盗人どもも、無事殲滅できたようです。完全勝利ってヤツですな！」

「そいつは重畳《ちょうじょう》」

努めて明るい声で答えるが、僕の内心は彼女ほど明るくはなかった。この戦いが完全勝利であることは確かなのだが……。

しかし、その内容は決して満足のいくものではない。敵はこちらの半数未満だったのだ。数の上では圧勝して当然だというのに、我々はあまりにも苦戦しすぎた。

「ところで、そちらの損失はどんな具合だ」

声を潜め、質問する。こちらの微妙な気分に気づいたのだろう。ヴァルブルガ氏は表情を神妙なものに改め、腰のポーチから出した細巻き煙草《たばこ》を口にくわえ、火種を持つ子分を探した。

「ほら」

「こいつは失礼」

懐からオイルライターを出し、煙草の先端に火を付けてやった。僕自身は喫煙者ではないが、戦場に出る時はかならず着火具を携行しているようにしている。

「便利な道具ですな……なんかのマジックアイテムですかい？」

「そんな大層なものではないよ」

この世界ではまだライターやマッチなどは発明されていなかった。当然、僕の持っているものは現代知識をもとに開発した新製品である。

ヴァルブルガ氏は「はぁ」と気の抜けたような返事をし、煙草をうまそうに吸い込んだ。紫煙を吐き出し、首筋をボリボリと掻く。

「こちらの被害は死者三名、重傷者一二名といった具合です」

「やはり、無傷というわけにはいかなかったか」

口元を少し歪め、息を吐く。死者は出すまいと願っていたが、残念ながらそうは問屋が卸さなかったらしい。

ちなみに騎士隊の損害は負傷者四名だ。僕たちはみな甲冑を着込んでいるから、自警団に比べればずいぶんと軽い被害で済んでいる。

ついでに言えば、この四名の中には僕は含まれていなかった。軍事上の負傷者というのは、戦闘が継続できないほどの負傷のことだ。肩を脱臼した程度では負傷者にはカウントしてくれない。

「安物の盾じゃあ、エルフの弓矢は防ぎきれませんから。これぱっかりは仕方ありませんよ」

「痛みを恐れる者に勝利の男神は微笑まない。むしろ、そのくらいの被害で済んだのは幸運だ」

そこまで言って、僕は口をつぐんだ。転生してからはまだ一度も煙草は吸ったことはないが、正直なところ一服やりたい気分だった。

「……というのは、軍人の理屈。家族や友人からすればたまったものではなかろう。遺族には僕が事情を説明しよう。弔慰金《ちょういきん》もこちらで用意する」

「よろしいんですかい？」

「兵やその家族から恨まれるのも将校の仕事だよ。責任は果たすさ」

部下が死ぬのは初めてではない。いや、むしろ慣れているといっても良いくらいだ。たとえ勝ちいくさであっても、死者が一名も出ないというのは稀なのだから。

「しかし、エルフどもはなかなか手強いね。ここまで厄介な連中だとは思ってもみなかった」

声を普段通りのものに戻し、薄く苦笑する。むろん油断していたわけではないが、エルフ兵の強さは事前の予想を遥かに超えていた。

「同感です。奴らに比べれば、先日戦ったオークなど子供同然ですね」

ソニアが渋面とともに同意を示した。オークは蛮族の代表選手のような連中で、その凶暴さと竜人にも劣らぬ膂力で王国各地を荒らし回っている。

彼女らは長年にわたって王家と軍の頭を悩ませ続けており、当然ながら決して容易い相手ではない。

しかしそれでも、エルフと比較すればまだマシな相手だと言えよう。オークとて死を前にすれば恐怖で身がすくむし、魔法や弓を使いこなす器用さは持ち合わせていないからだ。

「今回は敵の数が少なかったからなんとかなりましたが、もし同数以上のエルフが襲来したりすれば……」

言葉尻を濁すソニアだったが、もちろん僕もヴァルブルガ氏も彼女の言いたいことは理解していた。

万一、今回の襲撃に参加したエルフ兵の数がこちらと同数だったら……おそらく、戦野に骸《むくろ》を晒す羽目になっていたのは我々の方だろう。

「半数でもこの始末だからな」

無造作に並べられたエルフ兵の遺体を一瞥《いちべつ》し、ため息をつく。その数はひどく多い。この一戦だけで、少なくとも二〇名以上のエルフ兵が戦死しているはずだった。

「氏族長を含め、捕虜は三名。撤退に成功したのは一〇名以下だろうな。つまり、死亡率は七から八割ほど。その大半が正面から戦った上での戦死であり、背中の逃げ傷が致命傷となった者はほとんどいない……うん、これは尋常なことではないぞ」

撤退に成功したのは一〇名以下、か。自分で言っておいて腹が立ってきたな。当初の作戦では、一人の撤退も許さないはずだった。

ただでさえ厄介なエルフが、戦訓を得てさらに作戦を巧妙にし始めたら手に負えなくなる。我々の戦い方を目にした者は、誰一人生きて帰すべきではなかったのだ。

しかし、現実はそう上手くはいかなかった。エルフどもが予想以上の奮戦を見せたからだ。とくに、終盤戦の中央突破戦術がまずかったように思う。あれのせいでこちらの戦列が混乱し、追撃が間に合わなかったフシがある。

「これはあくまで噂なんですがね」

ヴァルブルガ氏が白煙をゆっくりと吐いた。

「エルフどもには、決まった寿命がないらしいですよ。そして、老衰死がないからこそ、あたしら短命種以上に死に方に拘る。連中が死を恐れないのは、見事な戦死こそが奴らの本望だからだというんです」

「なるほど、信憑《しんぴょう》性のある説だ」

赤々と光る煙草の先端を睨み付けながら答えた。ヘビースモーカーだった前世と違い、現世ではまだ一度もニコチンを摂取したことはないが……今のように胸くそが悪い時は、あのかぐわしい香りが懐かしくなることがある。

「エルフどもは全員が剣兵で、魔法兵で、弓兵で、死兵というわけですか。手に負えませんね」

「隣人としてはサイアクの部類だな」

辺境に左遷ってだけで罰ゲームなのに、なんであんなチートじみた連中と会わなきゃいけないんだろうね。そんなに前世の行いが悪かったんだろうか、僕。

……うん、悪かったな。ダース単位で人を殺してるもの。地獄行きじゃなかっただけマシってもんだ。

「エルフどもの総兵力はどの程度のものなんだろうか？　今回の損害で、少しくらい大人しくなってくれれば良いのだが」

万一エルフ兵が何百、何千と出てきたら、僕たちだけでは対処不能になる。いや、それどころか同数でも厳しいだろう。

此度の四〇名というのが、余裕を持って対処できる上限と言える。敵方の残存戦力はたいへんに気になるところだ。

「さてね。奴らの住処である森はあたしらの手が及ぶ領域ではありませんから、詳しいことはわかんねぇですわ。ですが、今回だけで打ち止めということはないハズです。徴税や交渉のためにやってくるエルフの代表者は今回のイレナとかいうエルフとは別人ですし」

「一応、あのイレナとかいうエルフは氏族長を名乗っていたが……」

難しい表情でソニアが呟いた。イレナ氏がエルフ側の総頭領であることを期待しつつも、そう都合の良い流れにはならないだろうと諦めている表情だった。

「氏族といえば血縁集団だよな。いくらなんでも、このリースベンに住んでいるエルフがわずかひと家族だけということはあるまい。氏族は複数あるはずだ」

左肩の具合を確かめつつ、口元を歪める。ああ、クソ痛い。早く帰って酒飲んで寝たいんだが。

「ふたつ氏族があれば、兵力八〇。みっつで一二〇。ははぁ、面白くなってきたな」

薄く笑ってから、僕は視線を自警団員の方に移した。彼女らは戦友と肩を寄せ合い、全身で戦勝の喜びを分かち合っている。辛気くさい表情をしているのは僕たちだけだった。

「まあいいさ、今日のところはね。奮戦のお礼だ。自警団本部に上等のワインを何樽か送っておく。そいつで戦いの疲れをしっかりと洗い流しておいてくれ」

「マジですか」

ヴァルブルガ氏の木像めいた強《こわ》い顔がぱっと輝いた。酒が嫌いな兵隊はそういない。それが勝利の後ならなおさらだ。

「そういうことなら、この場の始末はあたしにお任せくだせぇ。市議会傘下の自警団が代官様に一方的に奢《おご》ってもらうってのも、ちょっと具合が悪いんでね。代金代わりってわけです」

そう続ける彼女の目にはこちらを労《いたわ》る色があった。どうやら世間体うんぬんの話は言い訳で、本心としては僕を心配してくれているのだろう。彼女ほどの古兵であれば、僕の体力がすでに限界に達しつつあることにも気づいていてもおかしくない。

「すまんね……」

実際のところ、僕は立っているのも辛いくらいだった。負傷と強化魔法の副作用のせいだ。前世の肉体なら、丸一日戦いっぱなしでも全然平気だったのになぁ。情けない限りだよ。

とはいえ、無理をしてもみなに迷惑をかけるだけだ。お言葉に甘えて、一休みさせてもらうことにしよう。

第五章　夜半

「やれやれ、さすがにくたびれた」

ベッドに腰を下ろしつつ、ソニア・スオラハティは深々とため息をついた。暗い室内を、オイルランプの微かな灯《あか》りがボンヤリと照らしている。

室内は狭く、簡素であった。備え付けの調度品といえば麦わらにシーツを敷いただけのベッドと小さな衣装簞笥《たんす》、あとは簡素な鏡台くらいのものだ。

部屋の隅にはソニア本人が持ち込んだ行李《こうり》や大きな鞄《かばん》などがうずたかく積み上げられている。まさに引っ越し直後といった風情である。

代官所の最奥に設けられたこの部屋は、本来代官付きの従者に与えられる寝室であった。当然ながら、ソニアのような高位の騎士にふさわしい居室とは言いがたい。しかし、彼女はあえて自らこの場所を私室として所望した。理由は簡単で、この部屋の隣が代官の……つまり、アルベールの私室だからだ。

「はぁ～！」

麦わらの切れ端でチクチクするベッドにだらしなく横たわりつつ、ソニアは他人の前では決して出さぬ気の抜けた声を漏らす。一人きりだからだろう、有能で忍耐強い副官としての仮面は脱ぎ去ってしまっているようだ。

あの合戦が終わってからすでにまる一日以上が経過したが、いまだ彼女の肉体には激戦の疲れが雨に濡れた外套《がいとう》のようにまとわり付いている。

ゆっくりと息を吐き、脱力する。目を閉じると、彼女の脳裏には昨日の〝勝利〟が鮮やかによみがえってきた。

戦いを終えて街に戻った彼女らを出迎えたのは、万雷のような喝采だった。いや、万雷というのはいささか誇大な表現かもしれない。何しろカルレラ市は人口五〇〇〇に満たない小さな田舎町にすぎないからだ。

しかし、ソニアの耳にはそれは確かに万の雷電のように聞こえたのである。市街を縦貫する大通りの沿道には一〇〇〇を超える市民が詰めかけ、口々に賞賛の声を上げていた。

「ブロンダン卿万歳！」

「リースベンの救世主だ！」

リースベンの歴史はエルフに対する屈従の連続であった。両者の間では幾度となく戦いが起きていたが、そのほとんどはエルフ側の勝利に終わっている。

この街が王国領のまま存続しているのは、あくまでエルフの目的が略奪のみであったからにすぎない。もしも彼女らがカルレラ市の占領や完全破壊を目論んでいたら、王国はそれに抗することはできなかったに違いない。そしてそのことは、市民自身が一番よく理解していた。

そんな歴史をたどった上での、今回の戦勝である。新米代官が襲撃を撃退したとの報を聞いた市民たちは堅く閉ざしていた戸を自ら開き、英雄（英雌というべきか）の出迎えに走った。

市民たちは、単純に略奪を阻止したという以上の意味をこの勝利に見いだしたのだった。

「なんだか、天下分け目の決戦から凱旋《がいせん》したような気分になるな」

そう評したアルベールの声音には、不思議と苦々しいものが混ざっている。前世の頃、イラクやアフガニスタンから帰還した時のことを思い出しているのだ。

「故郷の防衛は、どこか知らない場所で起きた天下分け目の決戦などよりもよほど重要で大切なことですから」

ソニアは彼が転生者であることなど知らない。しかし、付き合いが長いだけあって、この幼馴染みが複雑な心境を抱いていることは察していた。

「我々は、確かにこの地を守り切ったのです。胸を張って彼女らに応えましょう」

実際、ソニアの胸は満足感と誇らしさでいっぱいになっていた。力なき者を守るために強敵と戦い、打ち破り、そして名誉と賞賛を得る。まさにこれこそが騎士の本望だと考えている。

「そうだな」

しかし、対テロ戦争の時代の兵士として名誉なき戦いをくぐり抜けてきたアルベールには、それほど素直なモノの見方はできなかった。顔に笑顔を貼り付けつつも、目に宿る憂いの光はより強くなっている。

「しかし、ソニア。市民とは本質的に無責任なものだ。彼・彼女らは自分勝手な理由で我々を褒めそやし、そして都合が悪くなると手のひらを返して罵声や石を投げ始める」

「名誉は勝者にしか与えられない、ということでしょうか?」

「まあ、名誉なき勝利というのもあるが……おおむねその認識でも間違いではないだろう。見事な敗北を褒めてくれるのは同業者と野次馬だけだからね」

朗らかに声援に応えるフリをしつつも、アルベールの言葉は手厳しい。

「ひどい話ですね」

「ひどい話だよ。けれど、勘違いはするな。僕が言いたいことは、市民の言葉と態度に一喜一憂すべきではないということだけだ。連中のために命を張るなんて馬鹿らしい、なんてことを主張したいわけではない」

「はい」

神託《しんたく》を受け取る祭司のような厳かな表情でソニアは頷いた。

「軍人の仕事は、市民の安全と財産を守ることだ。この役割に真摯である限り、当の市民を含めた誰になんと言われようとも我々の誇りは傷付かない。たとえ背中に石を投げつけられようとも、胸を張り続けることができるんだ」

「……誇りを他人に預けるな、ということでしょうか？」

「その通り」

頷いてから、アルベールはふっと自嘲の笑みを浮かべた。自身の発言が年寄りの説教めいていることに気づいたからだった。

「要するに、やるべきことを真面目にやってれば、他人に何を言われようとも『でも自分はちゃんと仕事してるし』と開き直ることができると。ただそれだけの話なんだよ」

「ンンンンン!!」

その時の彼の顔を思い返したソニアは、粗末な枕に顔をうずめて悶絶《もんぜつ》した。ただ記憶をリフレインするだけで彼女の胸は切なく締め付けられ、激しい高揚が腹の奥から湧き上がってくるのである。

「やっぱりアル様は違うなぁ」

顔を上げないまま、ソニアはくぐもった声で呟く。アルベールは時折、こうした若者離れした態度や言動を見せることがある。

そして彼女は彼のこうしたところがたまらなく好きだった。崇拝に近い感情を抱いているといっても良いくらいだ。

「……なんだかムラムラしてきた」

が、彼女が彼に対して抱いている感情は、敬愛だけではなかった。それと同じくらいに大きな情欲の炎も灯っているのだ。ソニアは、愛《いと》しの男の顔を思い浮かべるだけでもうなんだかたまらない心地になってしまうのである。

しかし、それも仕方のないことだろう。好きな異性に情欲を覚えるのは若く健康な人間として当然のことだし、何より彼女は昨日エルフどもと本気で殺し合ったばかりだった。命の危機を前にして子孫を残したくなるのは生物としては当然の本能である。

「……ヨシ！」

何かを決心したような声を出してから、彼女はベッドから飛び起きた。そのままソソソと忍び足で壁際に寄ると、そこに欠けられていた小さなタペストリーを躊躇なくまくる。

タペストリーの下には、小さな穴が空けられていた。一見単なる節穴のように見えるが、それは偽装である。実際は彼女が入居そうそうに手ずから開けたものだった。

彼女は穴に躊躇なく目を近づける。その先にあったのは……アルベールの私室であった。

「おお……」

ソニアの口から感嘆の声が漏れる。覗き穴の向こうで、ちょうどアルベールが着替えをしていたからだ。実のところ衣擦《きぬず》れの音や気配などである程度察しはついていたのだが、その予想は正解だったようである。

「むふ」

アルベールが自身の肌着に手をかけると、ソニアの口元がだらしなく歪んだ。そして、ハッとなった様子で壁から体を離す。とはいっても、自らの浅ましい行いに耐え切れなかったからではない。

彼女は忍び足のまま枕元に駆け寄り、そこに置かれていた黒い木箱を手に取った。筆箱をふた回りほど大きくしたような代物で、その真ん中にはガラスのレンズが付いている。

この箱は幻像器と呼ばれる魔道具で、目の前の光景をそのまま写し取るという機能を持っている。つまりはカメラであった。

ソニアはこれを宝物を持つような手付きで壁際へと運び、レンズを覗き穴にくっつけた。そのままファインダーを覗き込み、下卑た笑みを浮かべる。

「むふふふ……」

アルベールの盗撮はソニアの日課であった。部屋の隅に置かれた行李の中には、彼の写真が山のように納められている。

むろん、ソニアとしても自らがたいへんに浅ましい真似をしている自覚はある。生真面目な

幼馴染みを演じつつ、彼のいないところではこのような犯罪行為を繰り返しているのだ。これを裏切りと言わずしてなんと言うだろうか？

だが、この罪悪感がかえって情欲を煽るスパイスとなっていた。彼女は赤らんだ顔でファインダーごしのアルベールを観察しつつ、片手を股間に伸ばす。もはや理性や良識などは消し飛んでいた。

「ッ!?」

が、そこで突如扉を叩く音が響いた。とはいっても、ソニアの部屋ではない。隣室……つまりは今彼女が覗きを行っている先である。

「はいはい、ちょっと待ってね」

副官から薄汚い性欲を向けられていることなど知りもしないアルベールは、のんきな声でノックに応えた。

少し慌てた様子で寝間着に着替え、脱ぎ捨てた普段着を畳みもせずにドレッサーへと放り込む。仕事に絡まない私生活においては、彼はとてもズボラな人間なのである。

身支度を済ませた彼がドアへと歩み寄る。覗き穴の視界から主の姿が消え、ソニアがギリギリと歯を噛みしめる。性欲が不完全燃焼した時ほど苛立たしいものはないからだった。

「お待たせ……しました？」

ガチャリと扉を開く音が鳴ると同時に、アルベールの声に困惑の色が混ざった。どうやら、来客が予想外の人物だったようだ。

「夜分遅くにすまないね。寝る前にどうだい、一杯？」

聞こえてきた声はソニアにも覚えのあるものだった。

「この気色の悪い猫撫で声は……アデライド！」

ソニアは激怒した。彼女にとって、アデライド宰相は宿敵のような存在だった。意中の男に秋波《しゅうは》を送る泥棒猫に好感を抱けるはずもないのだから、当然と言えば当然である。それが公衆の面前でセクハラを行うような破廉恥女であればなおさらだ。

王都に戻る予定だった宰相がなぜまだリースベンに滞在しているのかといえば、もちろんエルフの襲撃のせいである。さっさと彼女を愛する男から引き離したいソニアとしては、まったく不本意な状況であった。

「晩酌ですか！　いいですね、お付き合いさせてください」

アルベールの声が跳ねた。彼は無類の酒好きで、この手の申し出を断ることはまずない。

額に手を当て、ソニアは深々とため息をつく。夜中に、男の部屋へ女が訪ねてきたのである。最大限に警戒して当然のシチュエーションだというのに、彼はまったく気にせずに相手を迎え入れてしまう。貴族の男にあるまじきガードの低さだ。

「ムムム」

しばし唸ってから、もう一度ため息をつくソニア。正直なところ下腹部のうずきは微塵も収まっていないが、好色女が愛する男と酒を飲んでいる隣で一人自分を慰めるような趣味は彼女も持ち合わせていなかった。

「わたしが守護《まも》らねば……」

アデライドが不埒な意図を持って主の部屋を訪れたのは明らかだ。当然、副官としては絶対に阻止せねばならない。

盗撮用カメラを片手に、ソニアは拳を握りしめた。自分もたいがい不埒な行いをしていることはすっかり棚上げしている。

どうせ、将来的には責任を取るつもりでいるのだ。未来の夫の裸体を見て何が悪いのか……そんなふうに開き直ってすらいた。

◇◇◇

これはもしや、両手に花というヤツではなかろうか。陶器製の酒杯を満たした蜂蜜酒を舐めるように飲みつつ、僕はそんなやくたいもないことを考えていた。

ゆらゆらと揺れるランプの灯りが薄暗い室内を怪しく照らしている。密室ということもあり、雰囲気は満点といって良いだろう。

右手を見ればクールな長身美女幼馴染みが、左手を見れば美しさと可愛らしさを兼ね備えた小柄なお姉様上司が、それぞれの席で盃《さかずき》を傾けている。

前世で同じ環境を構築しようと思えば、二桁万円、あるいは三桁万円台の代金を請求されるに違いあるまい。それが無償で実現できているのだから、これだけでも転生した価値があるかもしれない。

「……」

「……」

ただし、問題がひとつ。この幼馴染みと上司は、たいへんに相性が悪かった。ソニアの方は親の仇《かたき》でも見るような目でアデライド宰相を睨み付けているし、宰相は宰相で副官の方を見もしない。雰囲気は最悪に近かった。

酒を携えたアデライド宰相が、僕の部屋を訪れた時までは良かったのだ。憎からず思っている美人上司から部屋飲みのお誘いがかかったわけだから、心が躍らないはずがない。

ところが、ソニアが乱入してきたことで流れが妙な方向に行き始めた。彼女はまるで縄張りへの侵入者を発見した猛獣のような態度で、アデライドを威嚇している。どうやら、僕を守ってくれているらしい。

いや、別にそういうのは良いんだけどな……おいしくいただかれたら、その時はその時だろう。バッチこいって感じだ。

いや、もちろんソニアの気持ちも理解できる。彼女は幼馴染みである僕のことを弟か何かのように思っているようだから、いかにも下心のありそうな手合いが近づいてきたら当然追い払おうとするだろう。実際、昔はそれによく助けられもしたものだ。

しかし、僕もいい加減身を固めるべき年頃なのである。あんまり過保護にされても……その、なんだ……困る。ただでさえ、僕はあまりモテるタイプではないわけだし。

というか、ソニアもソニアなんだよな。彼女は子供の時分から思わせぶりな視線を向けてくることも多くて、僕もその気になってアプローチを返してみたりしていた時期もあるのだが……。

のれんに腕押しというか、どうにも反応が鈍い感じがあって、自分が空回りしてることに気づいちゃったんだよな。あ、これ、ラブじゃなくてライクだわ、みたいな。たぶん姉弟的な感覚でしか見られてないんだろうなぁ……。

「むむ」

いかん、思考が現実逃避の方向に飛んでいる。軽く首を振り、ソニアとアデライド宰相を窺う。二人は相変わらず牽制し合っており、会話どころではない様子だ。

そりが合わないのは仕方がないが、こんな状態で酒を飲んでもうまいはずがないんだよな。実際、二人とも盃は進んでいないし。

いや、ソニアが飲んでるのは普通の水なんだが。実のところ彼女は酒精に弱く、ビール一杯で顔が赤くなってしまう。

酔う感覚自体は好きなようで、仲間内同士だとわりと付き合いも良いのだが、犬猿の仲のアデライドの前で酔った姿を晒す気はないようだ。

まあそんなことはどうでもいい。とにかく、今はこの胃の痛くなるような空気をなんとかしなければ。

うーん、しかしどうしたものか……共通の話題でもあればマシなんだが、ソニアとアデライド宰相はまったく趣味嗜好《しこう》が違うからなァ。前者は体育会系、後者は文化系って感じだ。

まぁ付き合いも長いからどちらとも合わせようと思えば合わせられるんだけど、同時というのはなかなかに厳しい。はぁ、参った。

「そういえば」

などと考えていたら、宰相の方から会話の口火を切ってくれた。少しほっとして、息を漏らす。こういう時に率先して動いてくれるのが、この上司の良いところだ。

「初めてエルフどもと槍を交えたわけだが、感触はどうだね？　代官としてやっていけそうかな」

振られたのは直球の仕事の話題だったが、逆に有り難い。ソニアの前で迂闊な話なんかできるはずもないからだ。蜂蜜酒を一口飲み、言葉を選ぶ。

「そうですね……思った以上に手強い、というのが正直なところです。今回は敵の兵力がこちらの半分以下だったのでなんとかなりましたが……もし同数でしたら、かなりまずいことになっていたでしょう」

「君がそこまで言うか」

アデライド宰相の目が丸くなった。コクリと頷き、ちらりとソニアの方に目を向ける。お前もなんか言えというジェスチャーである。

「……おそらく、エルフ兵個人の練度は覇皇国の異教騎士と肩を並べるか、あるいは上回るほどの水準にあるものと思われる」

彼女も思考を仕事モードに切り替えたか、真面目な返答をしてきた。まあ、宰相閣下に対してタメ口というのはいかがなものかと思うが。

ちなみに、ソニアの言う覇皇国とは中央大陸中部における覇権国家である。我々の属する西方文化圏とは異なる宗教を奉じており、たびたびこちらへ侵攻してきている。僕たちの初陣の相手もこの巨大帝国だった。

「雑兵が騎士並の練度というのは普通ではない。やはり、長命種と短命種の差だろうな。片手間の鍛錬でも、一〇〇年続ければ達人になれる。肉体が衰えないとなればなおさらだ」

「むむむ」

唸り声を漏らしつつ、アデライドは酒杯をあおった。空になったそれに、僕はお代わりをついでやる。彼女は小さな会釈を返した。

「泥沼だな。このリースベンから得られる利が多ければ、まだ本腰を入れて平定するという選択肢もとれるのだが。……いや、この案は以前君に否定されていたな」

窺うような視線を向けてくる宰相に、僕はコクリと頷き返す。物流網の貧弱なリースベンに大軍を投入すれば、またたく間に補給体制が破綻してしまうに違いない。単純な力押しは現実的ではないだろう。

「しかしそうでなくとも、投入する費用と得られる利益が釣り合わないというのはいろいろと厳しい面があるだろう」

宰相の指摘はいかにも商家出身者らしいものだった。何しろ、リースベンは小麦どころかライ麦すら育たない痩せた土地なのだ。はっきり言って、大規模投資をするような価値があるとは思えない。

「……それは商人の物の見方です。軍人としては、そこに自国民がいる限り見捨てるという選択肢はありませんよ」

とはいえ、僕としてはそのような理屈を無条件に受け入れるわけにはいかなかった。市民に向かって「お前たちを助けてもカネにならないから、どっかで勝手に野垂れ死んでろ」などと言い出すような人間は軍人にはふさわしくない。

「まあ、君ならそう言うだろうと思ったよ」

もちろん、宰相としてもそんなことは理解しているのだろう。彼女はアッサリと自説を引っ込め、すまし顔で盃を進めた。

「とはいえ、コストとリターンの問題はどんな仕事にもついて回るものだよ。気概や矜持《きょうじ》だけで超越できるものではない。とれる手段には物理的な制約があることを理解してほしい」

「むろんです。ない袖は振れませんから」

そう応えつつも、僕は彼女の指摘を完全に承服しているわけではなかった。やはり、エルフの不平等協定を受け入れることは絶対に不可能だからだ。物資だけならまだしも、人間を供物のように捧げるような真似は容認できない。

「ですから、現実的に手の届く範囲で手を打ちます」

「何か、お考えがあるようですね」

ソニアの口元に微笑みが浮かんだ。そうくると思っていた、と言わんばかりの表情だ。

いや、雰囲気が緩んだのはソニアだけではなかった。よく見ればアデライド宰相の目尻も微かに下がっている。彼女としても、好き好んで厳しい意見を口にしていたわけではないのだろう。

「肝心なのはエルフへの対処方針だ。連中と正面から対決する想定だから、話が際限なく大きくなっていくわけだからな。そんな壮大な作戦を実現させるような余力がない以上、考え方そのものを見直すべきだと思う」

一息に言い切ってから、蜂蜜酒を飲み干す。爽やかな酸味と甘い香りが口腔《こうこう》内に広がった。やっと酒がうまくなってきたぞ。

「屈服ではなく手打ちを目指すわけだな」

自然な手付きで僕にお代わりを注ぐソニアを一瞥しつつ、アデライド宰相は小さく唸った。

「蛮族を相手に妥協するのは屈辱だが、ある程度は仕方がないか。しかし、具体的にどう動くつもりかね？　話を聞くに、エルフどもはあまり話の通じる相手ではないようだが」

「ひとまずは受け身に回りつつ情報収集を続けるほかないでしょうねえ。殴るにしろ握手するにしろ、まずは相手のことを知らねば話が始まりません」

だからこそ、あのイレナとかいう氏族長も生きたまま確保したわけだし。

……ま、当のイレナはこの措置がたいへんに不満だったようで、尋問にも黙秘を貫いているわけだが。とはいえそのくらいは想定内だ。時間をかければやりようはあるだろう。

「とはいえ、今現在見えている手札だけでも希望は十分あると思いますよ」

「ほう、自信ありげだな」

「当然だ。この程度の状況など、アル様からすれば児戯《じぎ》に等しい」

豊満な胸を強調するように腕を組んだソニアが、びっくりするくらいのドヤ顔でフンと鼻息を吐いた。児戯じゃねーよ、めちゃめちゃ難儀してるんだよこっちは。

「エルフ側も決して余裕綽々《しゃくしゃく》ではありませんから。狙うならそこですね」

「ふむ？」

片眉を上げつつ、宰相は盃をあおった。続きを促す顔だった。

「エルフどもは今の今まで、このカルレラ市の占領を目論んだことがありません。襲撃をしてもその目的は略奪であり、目当てのものを回収すればすぐに森へ帰っていきます」

「連中は街を占領・維持する能力を持っていない、ということですね」

「その通り。彼女らが貢ぎ物として要求しているのは、食糧と男性だ。これらが欲しいだけなら、街自体を占領してしまうのが一番効率が良いはずだからな」

「女性は農奴に、男性は性奴に……野蛮な連中がよくやる手口ではありますが」

汚物を口にしてしまったような顔でソニアが吐き捨てた。

「野蛮なことでは人後に落ちないエルフどもが、人道目的でそれを躊躇しているとは思えない。つまり、彼女らは街を占領していないのではなく、できないのだ」

「なるほど、だいたいエルフどもの規模感が見えてきたね」

納得した様子で頷くアデライド宰相。彼女は軍事的な知識こそないものの、地頭の良さは折り紙付きだ。簡易な説明でもすぐにこちらの意図を察してくれるから、部下としてはやりやすいことこの上ない。

「連中は思った以上に頭数が少ないか、あるいは内憂・外患などの理由で大規模攻勢が行えない状況にあると思われます。こちらから打って出るのは厳しいのは確かですが、防戦に徹すれば十分勝負になるでしょう」

テーブルの天板を指でなぞりつつ、ニヤリと笑う。むろんエルフは強敵だから、容易ないくさにはならないだろう。戦力の拡充を急ぐ必要がある。

「カウンターを何発か決めて相手をヘバらせ、寝技を仕掛けるわけですね。向こうも一枚岩ではないでしょうから、非戦派を抱き込んで寝返らせるのも不可能ではないでしょう。あとはエルフ内部で相争う状況に持ち込めれば完璧なのですが……」

「おいおいおい。まさか君、エルフを懐柔する気なのかい？　なかなか大胆なことを考えるねえ」

「懐柔どころか、できれば味方にしたいと思ってますよ。エルフは強い。彼女らの助力を得られれば百人力です」

これは僕の本音だった。もちろん、エルフたちから散々迷惑をかけられたリースベン住民からすれば、とんでもない話だろうがね。

しかし、蛮族に脅かされたままでは、道や畑を広げることもできない。エルフとの闘争が続く限りこの土地は永遠に辺境のままだ。未来のことを思えば、禍根は早めに断つに限る。

「僕はね、転んでもタダで起きる気はないんですよ。左遷されたからって、そこで手札を浪費するなんてとんでもない。むしろ力を蓄え、僕を飛ばして安心しきっている阿呆どもに目に物見せてやらねば」

「相変わらずだなぁ、君は」

拳を握りしめる僕に、宰相は呆れたような笑みを向けた。しかし、その目つきは決して刺々しいものではない。

「目指すは将軍、だったか。まあ、目標が目標だ。そのくらいの気概がなければ望む未来は手に入らないだろうね」

そう、僕は王国軍の将軍を目指していた。何しろ、前世は少佐でキャリアを終える羽目になってしまったからな。せっかく二度目の人生を得たのだから、夢の続きを歩まねば損というものだ。

「私が文を、君が武を掌握すれば、この国は我が手に落ちたようなものだ。むろん、協力は惜しまないとも。ぐふふ……」

「発言だけ聞いていると悪徳宰相にしか見えないぞ、お前」

ソニアが半目で指摘した。正直、僕も同感だった。良い上司であるのは間違いないんだけど、なんだか口ぶりや笑い方が悪党にしか見えないんだよなあ、この人……。

「な、なんだとぉ……！」

さすがに憤慨した様子で立ち上がろうとするアデライドだったが、僕が即座に酒瓶を突き出してそれを阻止する。盃に酒を注いでやると、彼女は「アッ、すまん」と小動物めいた動きでそれを受け取った。

「……こほん。しかし、壮大な目標を持つのは良いことだが、それで足元が疎《おろそ》かになっては元も子もない。援助は惜しまないが、油断をすることはないように頼むよ」

「むろんです。千里の道も一歩からと言いますしね？」

にこりと笑い、盃を掲げてみせる。まったく、この人は本当に良い上司だ。どう恩返しすれば良いのかわからないくらいだな。

「ひとまずは、次の対エルフ戦で確実に勝てるように備えようと思います」

「またいくさになるのか？」

「ええ。此度の敗北で、連中の内部でもそれなりの衝撃が走ったでしょうから。揺れた天秤《てんびん》を元の位置に戻すため、すぐにでも軍を出してくるものと思われます」

「奴らはいかにも女々しげな連中だったからな。メンツを潰されたからには、可及的速やかに応報せねば面目が立たないだろう」

僕の言葉を引き継ぎ、ソニアが補足説明をした。敗将は腹を切るべし、苛烈な掟を持つ連中が、負けたままでいるはずがない。僕はすでに次の戦いに向けた準備を始めていた。

「非合理的な思考法だな。予想外の痛手を食らったのなら、慎重に状況を判断して次の手を考えるべきだろうに」

手をひらひらと振りながらため息をつくアデライド宰相。文民の彼女には、暴力集団の理屈など理解しがたいのだろう。

「君たちの実力を見て、例の協定の再交渉に出てくる……そういう可能性もあるんじゃないかな」

「どうでしょう。皆無というわけではないでしょうが」

天板を指で叩きつつ、思考を巡らせる。

「こちらとしては、むしろそのパターンの方が困ります。おそらく敵はまだ戦力を温存しており、しかもこちらの戦闘力もまだ十分に披露していません。この段階で交渉を始めれば、必要な譲歩を得られる可能性は低いかと」

「なるほど。積極的に攻められないがゆえに、向こうの攻撃を跳ね返したという実績がもう少し欲しいわけか」

「ええ。僕たちの取れる戦術は誘い受けだけですから」

「へえ、君らしいね」

宰相は僕の胸元にいやらしい流し目をくれた。暑さから第二ボタンまでを開けていたが、それが気になるらしい。

……ふと横に目を向けると、ソニアもまた同じところをチラチラ見ている。男の胸がそんなに気になるものかね？　なんだか気恥ずかしくなって、こほんと咳払いしつつボタンを留め直した。

「まあ、先ほども申しました通り、エルフ側のメンツを考えると今の段階で交渉に出てくる可能性は低いでしょう。矛を収めるにはお互いにまだ早い、ということですね」

「ふむ、専門家の君がそう言うのなら信用しようか。で、勝てるのかね？」

「むろんです」

僕は自信を持ってそう断言した。

「先行部隊を潰されてから慌てて出してくる増援など、忌むべき戦力の逐次投入にほかなりませんから。むしろボーナスタイムといっても過言ではないかと」

「言うねぇ？」

宰相が口笛を吹いた。よく見れば、顔が少し赤くなっている。酒がそれなりに回ってきたのだろう。

「ただし、それはしっかりとした準備をしていた場合の話です。準備不足で戦いを始めれば、敗北は避けられません」

僕は口元に笑みを浮かべながらそう主張した。こちらの意図を察したのだろう、アデライドはちょっと困ったように唇を尖らせる。

「カネの無心をするつもりだな？」

「……はい、そうです」

あちゃあ、バレバレだったわ。そりゃまあ、毎度同じパターンなんだから読まれて当然だよな……。

「というわけで、傭兵を雇いたいのでお金を貸してください」

「……はあああああ」

ものすごく微妙な顔をして、深々とため息をつく宰相閣下。何しろこちらは返済が滞りまくっている悪質債務者だ。そんなヤツが新たな融資を頼んできたのだから、この反応は当然と言える。

「仕方あるまい。いくら必要なのかね？」

しかし、結局こうして頷いてくれる彼女は上司の鑑《かがみ》であった。

でもそれはそれとして、借金は借金なんだよな。そろそろマジで返しきれない感じになりつつあるけど、どうしよう？　何も考えつかないんだが。ま、なんとかなるか……。

終章　使節

「えっ？　白旗を掲げたエルフの一団が接近してきた……？」

そんな報告がもたらされたのは、前回の襲撃からちょうど一〇日後のことだった。前世の世界と同じく、この世界においてもまた白旗は戦闘の意思を持たないことを表明する道具として使われている。

だが、相手は蛮族だ。白旗の意味そのものが、我々とは異なっているやもしれない。たとえば徹底抗戦の表明とか……。

まあ、なんにせよ油断するわけにもいかない。おっとり刀でいくさ支度を調え、急いで市の門前に布陣する。しかし、エルフどもは待てど暮らせど仕掛けてこない。業を煮やし、こちらの方から行動を起こすことにした。

「斥候として騎士隊を派遣しろ」

エルフどもに直接接触し、出方を見る作戦だった。本音を言えば僕自ら出向きたかったものの、前回に受けた肩の負傷が完治していなかったため泣く泣く部下に任せることにする。本調子でないのに出しゃばって足手まといになる上司なんて笑い話にもならないからな。

「なんかエルフども……交渉がしたいとか言ってるんですが」

三〇分ほどで騎士隊は無事に帰ってきたが、彼女らの報告は僕たちの混乱をさらに煽るものであった。臨時隊長に抜擢《ばってき》された騎士隊のナンバー3、ジョゼットは頬を掻きつつ言葉を続ける。

「てっきり前回の復仇《ふっきゅう》戦とばかり思ってたんですけども、どうやら違うようでして。一体どういうつもりなんでしょうね？」

「むむむ……」

それは僕が聞きたい、と言いたいところだったが我慢した。いやしかし困った。交渉、交渉か。完全に想定外の事態じゃないか。これまでの日々の情景が脳裏に去来する。防衛作戦の策定、自警団との合同訓練、そして傭兵の手配……。

依頼した傭兵団こそまだ到着していないものの、完全にもう一戦やるつもりで準備を進めてたんだが。それがいきなり事態急変でこの始末だ。アデライド宰相にも大見得切っちゃったのに、完全に面目丸潰れだよ。

まあ、とうの宰相閣下はすでに王都に戻ってるんだが。あの人も多忙だから、いつまでも田舎でゆっくりしているわけにもいかないんだよ。とはいえ、タイミングは良い。危うく恥ずかしい姿を見られるところだったわ。

「先日の戦いで受けた損失がこちらの予想以上に響いているのでしょうか？」

腕組みをしたソニアが唸るような声で言った。彼女の顔にも、明らかな困惑が張り付いている。

「その可能性もなくはないが……」

でもなぁ……僕個人としては、それはない気がする。あのエルフどもの、命を投げ捨てるような戦い方。ああいう無謀な戦術を実行できる文化を持つ集団が、わずか四〇名未満の損耗で音を上げるだろうか？

「……思った以上に、エルフどもは狡猾かもしれん。少なくとも、突撃一辺倒の猪武者というわけではないようだ」

相手が交渉を申し出てきたからといって、それが即座に和平に繋がるわけではない。むしろ、笑顔で手を差し出しながらこっそりと足を踏みつけてくるような輩も少なからずいるものだ。

あの戦闘力に加え、そういう寝技まで繰り出してくるとすれば厄介なことこの上ない。僕の中の警戒は緩むどころかむしろ増していた。顎を撫でつつ、思案する。

「鼻っ柱をへし折られたからと、即座に逆上して殴り返してくるような輩なら話は簡単だったんだが。しかし、どうやらそういうわけにもいかないらしい。相手を甘く見すぎたな」

蛮族という蔑称、そしてあの荒々しすぎる戦いぶりに幻惑された感がある。相手は何百年と生きている長命種であるわけだから、そりゃあ正面戦闘以外の分野でも強みを持ってて当然だったわ。

うーん……アデライド宰相に醜態を見られなくて良かった、なんて思ったけど、やっぱりいてくれた方が有り難かったかもしれん。いち戦争屋にすぎない僕では、一〇〇年級の年季を積んだ老練な交渉人を相手に勝ち目があるとはとても思えないぞ。

でも、『上司がいないので何もできません』なんて言って許されるのは一般兵卒か平社員だけだ。曲がりなりにも将校であり（一応は）貴族でもある僕がそんな無責任な考え方をするわけにはいかん。とにかく、今は自前の手札だけでなんとかせねば。

「交渉に乗るふりをして相手を招き、時間を稼いでから使者を殺すというのはどうでしょう？くだんの傭兵団が到着したタイミングで敵の攻撃を誘発すれば、効率的に防衛を行うことができます」

我が副官が、なんでもないことのような顔で野蛮かつ非道な献策をしてくる。おいおい、冗談はよしてくれよ……などと思ったが、周囲の連中は名案を聞いたとばかりに目を輝かせていた。マジで勘弁してくれ。

しっかし、他人を蛮族呼ばわりするわりには我々もたいがい野蛮だよな。まあ、この世界じゃまだ戦時協定なんて存在しないから、仕方ないことかもしれんが。

あるのはせいぜい『あんまり淑女的ではないことはしないようにしようね』という暗黙の了解程度で、それだって異種族や異教徒には適用されなかったりするし。

「興味深い案だが、やめておこう。相手は自分の方から押しつけてきた協定すら守れないような卑劣な連中だが、だからといってこちらまで外道に落ちることはない。ガレアは淑女の国だ、文化的にやろうじゃないか。……ま、僕は紳士だがね？」

冗談めかしてそう返すと、部下の騎士たちはクスクスと笑った。いらんこと言いのダニエラが「いいや、淑女だと思いますよ」などと呟いていたので甲冑の上から殴っておく。

ちなみに、この策を却下したのは何も人道だけが理由ではなかった。

確かに敵の攻撃をあえて誘発する作戦は効果的ではあるのだが、それはあくまで短期的なものにすぎない。後々の和平交渉を考えれば、今ここでエルフどもからの信頼を失うのは得策ではない。

僕としては、どちらか一方が滅びるまで続くような絶滅戦争など御免蒙る。ちょうどいいところで手打ちにできれば十分なんだ。交渉の窓口を先手で潰すわけにもいかん。

「では、エルフどもの申し出を受けると？」

「ああ、そのつもりだ。……少々予定とは違う流れになってしまったが、まあいいさ」

やれやれ、と言わんばかりの表情で肩をすくめてみるが、もちろん強がりだ。……肩を痛めてるのにこんな動作するもんじゃないな。普通にクソ痛いわ。

まあそれはさておき、おそらくだがエルフ側はこちらが第二ラウンドに備えて準備を進めていることに気づいている。その上で、ハシゴを外すために交渉などと言い出したのだろう。

かなり性格の悪いやり口だが……まあいいさ。戦闘が回避できたこと自体は喜ばしいしな。勝ちいくさでも被害が皆無というわけにはいかん。戦わずして矛を収めるのが一番だ。

「結局のところ、最優先課題は情報収集だ。向こうの方から姿を現してくれるというのなら、ちょうどいい。しっかりと観察させてもらおうじゃないか」

「敵を知り、己を知れば百戦危うからず……ですね？」

得心がいった様子のソニアの声に、部下たちの表情が柔らかくなった。彼女はあえてこうして驚き役に回ることで、部下連中の緊張を解いてくれているのだ。まったく、僕にはもったいないくらいの副官だよな。

「そうさ。戦争は恋愛に似ている。時には真正面から相対するのを避け、遠巻きに相手の出方を窺うのも戦術のうちというわけだ」

あえて冗談めかしてそう言うと、みんなはゲラゲラと大笑いした。もちろん、彼女らは僕が結婚相手がおらず難儀していることを知っている。

「なるほど、つまり王国いちの戦争巧者であらせられるアル様は、王国いちの恋愛巧者でもあるというわけですな」

案の定、阿呆のダニエラが茶化してきた。あまりにも予想通りの反応に、僕は苦笑が隠せない。

「しまった、僕の秘密がばれてしまった。機密漏洩《ろうえい》罪だ。ダニエラ、腕立て伏せ三〇〇回な？」

「ウッス！」

元気よく敬礼するダニエラ。畜生、全然堪《こた》えてないじゃないか。こいつ、体力だけはソニア並みにあるからなぁ……。

まあいいさ。今はとにかくエルフとの交渉だ。鬼が出るか蛇が出るか……お手並み拝見といこうじゃないか。

「さて……それでは、お出迎えの準備を急ごうか。客人を長々お待たせしては失礼だからね」

努めて自信満々の笑みを浮かべ、傲然《ごうぜん》と命令する。もちろん、内心はそれほど穏やかではない。将校をやっていると演技ばかりが上手くなっていかんね……。

◇◇◇

エルフの使者との接見は、市外で行われる運びとなった。市議会が、エルフを街の中に入れることを認めなかったからである。

一応こちらの方が市議会より立場は上なので、ごり押ししようと思えばできるのだろうが……せっかく議会との信頼関係が醸成されつつあるというのに、それをふいにするのも面白くない。結局、僕はこの勧告に従うことにした。

とはいえ、外部勢力との交渉をそこらの野っ原での立ち話で済ませるというのも論外だ。ひとまず突貫で天幕を設営し、椅子とテーブルを並べて即席の会場を作る。

「これじゃあさすがに味気がなさすぎですね」

土壇場でそんなことを言い出したのはダニエラだ。確かに、天幕や椅子などは我々が野営や演習の時に使っているものであり、実用的ではあっても少々無骨すぎる感はある。少なくとも、見栄を張れるような荘厳さとは無縁だった。

「確か、宰相閣下にもらった何やら高価そうな茶道具があったでしょう？　アレならちったぁハッタリは利きます。ちょっとした野点《のだて》みたいな形式でお客人をもてなすってのはいかがですか」

「なるほど、ナイスアイデアだ」

ちゃらんぽらんで口の悪いダニエラだが、こういう時の発想力はなかなかのものだ。僕は彼女の意見を採用し、お茶の用意を調える。

茶会はガレア王国の伝統文化だ。もちろん、自然の景色を楽しみながら茶を飲む野点もさかんに行われている。この形式であれば、野外で来客を迎える言い訳にもなるだろう。

「突然の訪問にもかかわらず、快く迎え入れていただき恐悦至極《きょうえつしごく》に存じますじゃ」

ドタバタしつつもなんとか用意が終わり、いよいよ使者殿とのご対面と相成った。

開口一番にそう前置きした使者殿は、完璧な所作で一礼する。蛮族という風評とは正反対の、そのまま宮廷に連れていっても通用しそうなほどに洗練された立ち振る舞いだ。

蛮族らしからぬ、といえば言葉遣いも同様だった。彼女の口から奏でられたのは、王侯の用いるような綺麗な発音の西方共通語である。いささかの古めかしさはあるものの、エルフの用いるあの強烈な訛りは微塵も含まれていない。

「貴殿がリースベン代官のアルベール・ブロンダン殿ですかの？　新エルフェニア氏族連合・議長ダライヤ・リンドと申します。以後、お見知りおきくだされ」

「リースベン代官、アルベール・ブロンダンです。初めまして、ダライヤ殿」

にこやかに握手を求めてきたダライヤ氏に応じつつも、僕の心の中には困惑が満ちていた。握り返した彼女の手のひらは僕よりも二回りは小さい。ソニアと比べれば半分以下の大きさだろう。

もちろん、小さいのは手だけではない。身長はせいぜい一四〇センチあるかないかといったところで、童女のようにしか見えない体軀をしている。

その容貌は体格相応にあどけなく、まるで陶器人形のように整っていた。やや緑がかった短い金髪と翡翠色の瞳が、晩春の陽光を受けて神秘的に輝いている。まるで天使のようだ、なんて陳腐な表現が脳裏をよぎった。

エルフというのは皆総じて美しい容姿をしているが、その中でもダライヤ氏は頭ひとつ抜けた愛らしさの持ち主だ。思わず心理的なガードを下げかけるが、下唇を嚙んでそれを戒める。

何しろ相手はエルフ、つまりは長命種だ。この可愛らしい幼女エルフが、外見通りの年齢である可能性などほとんどない。議長なるご大層な肩書きをぶら下げているのならなおさらだ。

ちなみに、ダライヤ氏は従者を一人連れてきていた。とはいっても、エルフではない。褐色の肌と漆黒の髪を持った健康的な容姿の少女だ。その肩から生えているのは、腕ではなく鳥の羽。色合いから見て、彼女はカラスの鳥人に間違いあるまい。

「本日は遠いところからご足労いただき、ありがとうございました」

「なんの、なんの。まさか、代官殿を危険な森の中にご招待するわけにもいきませんからのぉ。こちらから出向くのは当然のことですじゃ」

挨拶を交わしつつ、ダライヤ氏を席に案内する。普段は指揮卓として使われている丸テーブルの上にのせられた茶菓子の一式を見て、彼女の口元が微かに緩んだ。

そこへすかさず、従者が淹れたての香草茶を持ってきた。褐色の液体が満たされた青磁のカップには見事な装飾が施されている。中央大陸の東の果て、大溟帝国から取り寄せた舶来品だ。むろんこれは僕自身が私費で購入したものではなく、我らがアデライド閣下から贈られた逸品である。

いただいた当初には「こんな高そうな物をもらっても困るだけなんだよなあ」なんて失礼なことを考えたものだが、今のような見栄を張りたいシチュエーションにはもってこいの道具に違いあるまい。さすがは宰相閣下、僕などよりよほど先見の明がある。

「ほうほう、これは素晴らしい。ふむ、この渋みと香り、茶葉はティーロン島の一級品ですかな」

香草茶を一口飲み、ダライヤ氏は楽しげに微笑んだ。しかし、こちらはといえばその可愛らしい笑顔にほっこりしているような精神的な余裕はなかった。

「……はい、間違いなくティーロンの一等茶葉です。よくご存じですね」

「長く生きておれば、いろいろな物を口にする機会はありますからのぉ。ふふふ……」

いい茶器と茶葉で相手方を文化的に圧倒してやろうという僕の浅はかな試みは、最初の一手で完全に崩壊してしまった。この幼女、ただものではない。まさか、一口で茶葉の産地を当ててしまうとは。

エルフは未開の蛮族だという話だったが、認識を改めた方が良さそうだ。少なくとも、ある程度の地理情報は頭に入っているとみて間違いない。そうでなければ、遥か南方にあるお茶の名産地の名前がパッと出てくるはずがないからだ。

社交辞令はその後もつらつらと続いたが、ダライヤ氏の対応ぶりはまったくもって如才《じょさい》ないものであった。まるで都会の上流階級と話しているような気分すらしてきたほどだ。

「それで、ダライヤ殿。そろそろご用件を伺ってもよろしいでしょうか」

迂遠《うえん》なやりとりは好きではないし、そもそもその手の寝技でこの陰険そうなロリエルフに勝てる気もしない。会話の切れ目を狙い、僕は本題に切り込んだ。

「おお、失礼しました。ついついおしゃべりに夢中になってしまいましたのぉ。年を食うと話がどんどん長くなっていけない。ワシも若い頃には年寄りの長話には辟易しておったというのに、不思議なものですじゃ」

好々婆《こうこうや》めいた笑みを浮かべつつ茶を啜《すす》るダライヤ氏には、外見に見合わぬ老成した雰囲気がある。この人、いったい何歳なんだろうね……。

「用件というのはほかでもありませぬ。どうやら、先日うちの若い衆がそちらにご迷惑をかけたと聞きましてのぉ。謝罪に参った次第でして」

「若い衆、というと……イレナ氏の一党ですか」

「さよう」

先ほどまでの朗らかな表情から一転、ダライヤ氏はひどく沈痛な面持ちで言った。

「逃げ帰ってきた阿呆どもから事の次第は聞いております。連中、とんでもない粗相を働いてしまったようですな。たいへん申し訳ありませぬ」

深々と頭を下げるダライヤ氏。隣のカラス鳥人少女も、神妙な顔で同様の動作をする。真剣な謝罪、といって差し支えない態度だった。しかし……。

「協定破りの襲撃はこれまで何度もありましたが、これまで謝罪などは一度もなかったと聞いています。それどころか、抗議の類いもすべて無視されているようでして……」

怒りを漲《みなぎ》らせながら耳打ちしてくるソニアに、僕は顎だけを小さく動かして頷いた。当然だが、このあたりの事情はすべて議会や一般市民から聴取している。うわべだけの謝罪で誤魔化される気はない。

というか、本当にこれは謝罪なのだろうか？　いや、確かに形式上はそれで間違いないのだが、なんだか違和感があるんだよな。

これは本当に、僕たちに許してもらうためにやっている行為なのだろうか？　だとすれば、こちらを馬鹿にしすぎている。しかし、いかにも古狸《ふるだぬき》然としたこの幼女エルフが、そんなに簡単に見透かされるような真似をするだろうか……？

「受け入れがたい謝罪ですね。こちらは協定を遵守しているにもかかわらず、今回のような襲撃は幾度となく繰り返されてきたと聞いております。約束も守れない相手の言うことを信じる、というのは甚だ困難でありますから」

「申し開きのしようもございませんのぉ。いや、言い訳させていただきますと、身共《みども》らにもそれなりの事情がありますのじゃ」

「事情なんてものは誰しも持っているものでしょう?」

「まあまあ、そうおっしゃらずお聞きくだされ。イレナのような輩は、いわばならず者。上からいくら締め付けたところで、奴らには堪えませぬ。そちらのガレア王国でも、いくら取り締まろうと盗賊ややくざは根絶できておらぬでしょう? それと同じようなものでして」

ペラペラとよく回る口だなあ。しかも、その愛らしい幼女めいた外見のせいで言葉に含まれる毒やイヤミが中和されてしまっている。詰めているこちらが悪者になってしまったような気分になるというか。

というか、こうして向こうを非難していること自体が、ダライヤ氏の想定通りという気配があるんだよな。まあ、完全に勘だけどさ。

しかし、これは根拠のない山勘などではなかった。何しろ、ダライヤ氏はどう考えても謝罪するには早すぎる状況で、こうして自ら出向いてきているのだ。

こちらには攻勢に出る能力がなく、しかも敵戦力の全容も摑めていない。エルフ側から見れば、少々内情が苦しくとも負けることはない盤面というわけだ。こうした状況であれば、ひとまず強気に出ておくのが定石だと思うのだが……。

「上から、とおっしゃいましたか。ふむ……よい機会です。よろしければ、そちらの体制についてお聞かせ願ってもよろしいでしょうか? お互いのことを知らないままでは、歩み寄りなどできたものではありませんからね」

香草茶で口を湿らせてから、話を変える。このまま彼女の口車に乗っていると、ろくでもない方向に転がされてしまいそうな気がしたからだ。

　というか、情報格差があまりにも大きすぎるんだよな。こちらは向こうの国号すら初めて聞いたというのに、あちらはガレア王国についてそれなりに知っているような話しぶりをしている。不平等にもほどがある。こんな有様でまともな交渉ができるはずないだろ。

「ええ、ええ。もちろんよろしいですとも。相互理解はこちらも望むところですじゃ」

　にこりと笑いつつ応じるダライヤ氏。フレンドリーな態度だが、それがかえって彼女の手強さを際立たせている。

「まずは基本的なところからお話しいたしましょう。我々の国は、新エルフェニア氏族連合。その名の通り、エルフの各氏族が集まって形成された国家です。まあ、むろん全員がエルフというわけではなく、彼女のような鳥人も数多く住んでおりますがのぉ」

　鳥人従者の方をちらりと見るダライヤ氏。一方、従者の方は主に目もくれず茶菓子をガツガツと食べている。望んだ反応が返ってこなかったらしい幼女エルフは、少しばかりバツの悪げな様子でコホンと咳払いをした。

「ワシの拝命しておりますのは議長というのは、まあ各氏族のとりまとめ役のようなものでしてな。このたびは、新エルフェニアを代表して謝罪に参った次第ですじゃ」

「つまり……ダライヤ殿が元首という認識で間違いないでしょうか」

「名目上はそうなるやもしれませぬな？　とはいえ、旗振り役とは言いがたい。どちらかといえば小間使いのようなものですかのぉ？　氏族長たちの意見をあれこれ聞いて、調整して、外部と揉め事があればいの一番にかり出され……ははぁ、やはり元首などではないやもしれませぬ。どちらかといえば雑用係のようなものですじゃ」

ダライヤ氏の長口上《ながこうじょう》は胡乱かつふわふわしている。こりゃあ詐欺師のしゃべり方だな。どこまで発言を信じて良いものか、甚だ怪しいところがある。

とはいえ、怪しげな話であっても参考くらいにはなる。真偽については後で捕虜にしたエルフどもの尋問結果と突き合わせればある程度判別できるしな。

そうなると、捕虜の存在はダライヤ氏には隠しておいた方が良さそうだ。返してほしいとか言われても困るし。

……などと思惑を巡らせながらあれこれ質問をしてみるのだが、ダライヤ氏は手強かった。

エルフェニアの人口や産業、総兵力などの戦略的な情報を求めて一歩踏み込んでみても、彼女は巧みに明言を避け巧言《こうげん》を弄するばかり。まさにのれんに腕押しといった具合であった。

「さてさて。舌も乾いてきたところですし、そろそろ本題に戻りますかのぉ」

無意味な時間の浪費に徒労感を覚えてきた頃、ダライヤ氏は香草茶を飲み干してからそう言った。

そのまま、空になったカップをそっと上げてお代わりを要求する。生まれながらの貴族を思わせる典雅《てんが》な仕草だった。すぐに従者が出てきて、彼女のカップに湯気の上がる香草茶を注ぐ。

「改めて申しますが、うちの者がたいへんご迷惑をおかけいたしました。申し訳ございませぬ」

茶を一口飲み、それをソーサーに戻してからダライヤ氏は深々と頭を下げた。隣のカラス鳥人も同様の動作をする。幼女エルフの顔には先ほどまでの胡散臭い笑みはなく、ごく真剣な表情が浮かんでいる。

「意図が読めませんね。対処に困ります」

ソニアが耳打ちをした。ひどく困惑しているような声音だった。

「挑発にしては毒が足りませんし、さりとてこのタイミングで本気の詫《わ》びを入れてくる理由もあるとは思いません。単なる面通しの一環と考えるのが適当でしょうが……」

「挨拶のついでに持ってくる話題としては不適切だよな、謝罪なんてのは」

小声で返し、逡巡《しゅんじゅん》する。ソニアと同じく、僕もダライヤ氏の意図を掴みかねていた。

協定破りはそりゃあ悪事だが、組織のメンツを考えればそう簡単に頭を下げられるものではない。加害者側が優勢ならなおさらだ。

むろん先日受けた損害でガレア・エルフェニア間のパワーバランスが逆転した可能性もあるが、それにしたっていきなり手のひらを返すというのは不自然だろう。普通なら、ある程度の様子見期間くらいは挟むはずだ。

「そちらに謝罪の意思があることは承知しました」

頭を下げる二人に視線を戻し、重々しい口調で言う。

「しかし、それを今すぐ受け入れることはできません。エルフによる狼藉の被害者は、僕ではなくこのリースベンの民ですからね。彼女らの意見を聞かないことには、事態の根本的解決には繋がりません」

思案の末、僕は問題を棚上げにすることにした。相手の意図が読めない以上、今結論を出すのは拙速だと判断したからだ。

それに、僕なんて所詮は新参で新米の代官にすぎないわけだからな。そんな部外者が勝手に根深い問題を手打ちにしたりすれば、住民の反感を買うのは必至だ。下手をすれば反乱にすら繋がる可能性もある。迂闊な判断はできなかった。

「それに、くだんの協定のこともあります。僕としては、そちらに女王陛下の赤子《せきし》たる王国民、それも男児を引き渡すだなどという不埒な契約などは今すぐ打ち切りたいほどなのです。これを放置したまま謝罪を受け入れるというのは、いささか承服しがたい」

「なるほど、それは道理ですのぉ」

頭を上げたダライヤ氏は、わざとらしいくらいの神妙な顔で頷いた。態度こそ殊勝だが、そのわりに「では契約の改定についてお話ししましょうか」などと言い出すような気配は微塵もない。その代わり、彼女は話題をあさっての方向へとねじ曲げた。

「実は、此度は土産をひとつ持参しております。我々の誠意の表れとして、これをリースベンの皆さま方を説得する材料の一つとして用いていただければ幸いですじゃ」

「お土産、ですか」

続いて出てきた予想外の言葉に、僕は少しばかり面食らってしまった。ダライヤ氏はもちろん、従者のカラス鳥人氏も荷物らしい荷物は何一つ持ってきていなかったからだ。

「ええ、まあ、大したものではございませぬがのぉ」

ニッコリと笑って応じたダライヤ氏は、ビスケットを一つ手に取って口に運ぶ。

「……リースベンの北方に山脈があるでしょう?」

「はぁ」

土産の話からいきなり地理に話が飛び、僕の困惑はさらに深くなる。

「そこに、なかなか大きな鉄鉱山があるのです。すでに採掘は行われておりませぬが、これはエルフェニアで起きた政変が原因であり鉱脈が枯れ果ててしまったわけではございませぬ」

「は、はぁ」

「これを、貴殿にお贈りしようかと」

「……えっ、鉄山を、ですか？」

なんでもないようなことのように言うダライヤ氏に、僕は思わずひっくり返りそうになった。

言うまでもないことだが、地下資源は強力な利権だ。これを巡って、骨肉の争いが展開されることも珍しくない。このあたりの感覚は、前世でも現世でも同じことである。

それを、まるで饅頭《まんじゅう》か何かのような気楽さで寄越してこようというのだから驚きを通り越して不気味ですらあった。隣を見れば、ソニアの表情もより厳しいものへと転じている。相手の意図を図りかねているのだ。

「こほん。……ずいぶんと気前の良い話ですね。詳しくお話を伺ってもよろしいでしょうか？」

むろん、こんな妙な話に諸手を挙げて食いつくほど僕も阿呆ではない。心の中で眉に唾をつけながら、ダライヤ氏に不審の目を向けた。

「そう警戒しないでくだされ」

口元を半月状に歪めながらダライヤ氏が言った。警戒をするなと言う方が難しい表情である。あまりの胡散臭さに、ソニアはおろか従者のカラス鳥人氏までジト目で彼女を見つめている始末だった。

「これはいわば賠償ですじゃ。我々はこれまで、さんざんそちらにご迷惑をかけておりますからのぉ。タダで水に流せ、などと申すのは無理な話ですじゃろう？」

「なんとも殊勝な話だな」

ボソリと呟くソニアの声には、相手への不信感がなみなみに満ちていた。明らかにダライヤ氏の言葉を額面通りに受け取っている声音ではない。

「その必要もないのにわざわざ下手《したて》に出てくる人間ほど信用ならぬものはない。貴様、何を企んでいる？」

「心外ですのぉ。ワシはあくまで誠意を示しておるだけですじゃ」

ショックを受けた顔で肩をすくめるダライヤ氏。発言も表情も何もかもが嘘っぽい。詐欺師でも相手にしているような気分だ。

口を一文字に結び、彼女を半目でジロリと睨み付けた。ダライヤ氏は明らかにこちらの言葉を待っている様子だったが、あえて何も言わない。僕は無言のまま相手の目をまっすぐに見続けた。

「……ただし、一つだけ問題がありましての？」

しばしの沈黙の後、ダライヤ氏は観念したように再び口を開く。

「この鉱山はもう二〇年あまり放置されていたのですが」

「婆様、ルーナ鉄山ン放棄は一〇〇年前ン話ど」

話の途中で従者がツッコミを入れる。彼女がこの場にやってきてから初めての発言であった。

「エッ、一〇〇年⁉　もうそんなに経ったのか」

コクリと頷く従者に、ダライヤ氏は死ぬほど渋い表情で額に手を当て深々とため息をついた。

何やら本気で参っている様子である。

「はぁ～！　一〇〇年、一〇〇年かぁ……年を食うはずじゃ……いや、すみませぬ。近頃どうにも年月の感覚が曖昧でしてのぉ」

「は、はぁ」

本当にこの人何歳なんだろう？　婆様とか呼ばれてるし……。いや、まあ、正直かなり気になるが、今はそんなことを追及している場合ではない。

「で、その一〇〇年放置された鉄山に、どのような問題が？」

「おう、おう、そうでしたな。おほん。……この鉄山なのですが、我々が留守にしている間にどうにもネズミが入り込んだようでしてのぉ？」

ほら、案の定雲行きが怪しくなってきた。渋い顔でソニアの方を見ると、彼女も口元を引きつらせながら首を左右に振る。

「盗掘している者がいる、ということですか」

「さよう。……いや、盗掘などという規模ではございませぬ。調査を行ったところ、一〇〇を超える人員を投入して派手に掘り返しておるようでして。これはもはや、操業といって良い規模でしょうな」

「……」

絶句するほかなかった。ダライヤ氏の言葉が本当ならば、かなりの大事《おおごと》だ。それほどの大人数を動員して採掘を行うなど、そこらのチンケな犯罪組織にできることではない。

「……参考までにお聞きしたいのですが、それを行っているのはエルフですか」

そうであってくれ、と思いを込めてダライヤ氏を見つめる。だが、彼女から返ってきたのは、こちらの内心を見透かすような人の悪い笑みであった。

「いいえ。どうやら獣人のようですじゃ」

う、う、うわあ……最悪だ。おそらくだが、盗掘者はリースベンの住人ではない。それどころか、ガレア王国の国民ですらないだろう。

王国はあくまで竜人の国であり、少数民族にすぎない獣人の肩身は狭い。鉱山の開発を行えるほどの資金力を持っている獣人など、まずいないはずだ。

実のところ、僕の脳裏にはすでに容疑者が浮かび上がっていた。ガレアの東側に位置する隣国、神聖オルト帝国だ。この国は人口の大半が獣人であり、その上我が国とは伝統的に不仲でもある。

「もう一つ質問が。その鉄鉱山があるのは、稜線の北側か南側か……どちらです？」

そして最悪なことに、リースベンはこの神聖帝国と領地を接している。境界線は半島の付け根にある山脈の稜線であり、それより南側が我々リースベン、そして北側が神聖帝国ということになっていた。

「むろん、南側ですとも。山の向こうが竜人や獣人の土地であることは我らも承知しておりますからのぉ。よそ様の領域を侵すなど、とてもとても」

ダライヤ氏の発言はこの地に入植してきた我々への皮肉にほかならなかったが、今の僕にはそんなことを気にしている余裕などなかった。何しろ、僕が任されている領地で他国による盗掘が行われていることが確定してしまったからだ。

「……くっ」

参った。こりゃあ、参ったぞ。代官には任地を防衛する義務がある。もちろん、盗掘などもってのほかだ。なんとしてもやめさせなくてはならない。

しかし、相手は王国ともタメを張るほどの大国だ。これを独力でなんとかするのは難しい。

もちろん本国に応援を頼むことになるだろうが、僕は重鎮貴族に睨まれて左遷された身だ。援軍要請が素直に通るとは思えない。間違いなく、オレアン公あたりが余計な横槍を入れてくることだろう。

「ソニア、これはもしや……」

そんな懸念と同時に、ダライヤ氏の狙いも見えてきた。ちらりと副官の方を窺うと、彼女は深刻な表情で頷き耳元に口を寄せてきた。

「ええ、我々と神聖帝国を潰し合わせる腹づもりでしょう。陰険な策です」

メンツと廃鉱山ひとつを犠牲に、事実上の援軍を得る……なかなか凄まじい手を打ってくるじゃないか。このロリババア、予想以上に一筋縄ではいかない相手のようだな。

「……情報のご提供、ありがとうございます」

しばしの思案の後、僕は視線をダライヤ氏に戻した。彼女はにこにこ顔で僕の言葉の続きを待っている。

「事が事ですから、こちらの方でも盗掘の確認をしておきたいですね。そのルーナ鉄山の場所を教えていただいてもよろしいでしょうか？」

態度からみてまずあり得ないだろうが、ダライヤ氏がまったくのデタラメを言っている可能性もありはする。さすがにエルフ側からの情報のみで今後に関わる重要判断を行うわけにはいかないだろう。

「むろんです。もはや、この鉱山はそちらのモノですからのぉ」

そう言って、ダライヤ氏は懐から一枚の紙を取り出した。どうやら、北の山岳地帯の詳細な地図のようだった。くだんの高山以外にも、さまざまな地形やルートなどが詳細に描き込まれている。

……そうか、エルフは紙も作れるのか。やっぱこいつらタダの蛮族じゃないな。あの変な木剣といい、紙といい、かなり技術力は高そうだぞ。

「この地図を進呈いたしましょう。もちろん、案内役も付けますぞ」

ダライヤ氏は隣のカラス鳥人少女に目を向けた。

「このウルを置いてゆきますので、何か御用向きがあれば彼女になんなりと申しつけくだされ」

ウルと呼ばれた少女はこちらに向けてしっかりと頷いてみせた。口元にはお菓子のくずがたくさんくっついている。出されていた茶菓子の大半は、すでに彼女の腹の中へと消えていた。

「さて。そちらもお忙しいでしょうから、あまり長居してはご迷惑になりましょう。心残りですがワシはそろそろお暇《いとま》させていただきますかのぉ」

腹黒い笑みとともにダライヤ氏が立ち上がり、結局この日の会合はこれで終わりとなった。残された僕とソニアは顔を向け合い、揃ってため息をつく。こりゃあ、今後も波乱が続きそうだ……。

◇◇◇

とにもかくにも、鉄山の実在と盗掘者の有無を確認せねばならない。会合の翌日、僕は騎士隊の半数を調査に向かわせた。

案内役を務めたのは、ダライヤ氏の置き土産ことカラス鳥人のウル氏である。彼女が裏切れば、調査部隊が壊滅の憂き目に遭う可能性すらある。十分に警戒するよう、僕は部下たちにしっかりと言い含めた。

実のところ、調査部隊の指揮は僕自身が執るつもりだったのだが、これはソニアによって断固拒否されてしまった。万一のリスクを考えれば、僕には街に残ってもらわねば困るというのである。

いろいろともごもご言い訳はしてみたものの、この正論を跳ね返すことはできなかった。泣く泣く調査部隊はソニアに任せ、僕は留守番と相成った。

「残念ながら、ダライヤの証言は嘘ではなかったようです。確かに、怪しげな連中がせっせと山を掘っていましたよ」

数日後。無事帰還したソニアは、なんとも嫌そうな表情でそう報告した。

「ご丁寧に、しっかりとした道まで作っていました。他人の領地でよくもまああれほど我が物顔で振る舞えるものです」

「まったくだ。……そこまで派手にやっているとなると、前代官エルネスティーヌの失踪もこの件にからんでいる可能性が高そうだな。おそらく、盗掘を見て見ぬフリをする代わりに見返りをもらっていたんだろう」

同調しつつも、僕は内心少しだけ安堵を覚えていた。状況がはっきりしたことで、この先の展望が見え始めたからだった。

「それで、下手人《げしゅにん》の特定はできたのか？　神聖皇帝陛下御自らのご盗掘だったら、なかなか厄介だぞ」

「まさか！　そんな大物がかようなド辺境にやってくるはずもありません」

僕の冗談に、ソニアは勘弁してくれと言わんばかりの苦笑で応じた。

「現場には坑婦やら警備の騎士やらいろいろとおりましたが、その大半が牛獣人のようでした。予想通り、下手人はディーゼル伯爵で間違いないようです」

リースベンは二つの領邦と隣接している。北西のレマ伯爵領、そして北東のズューデンベルグ伯爵領だ。このうち、前者は王国の貴族が、そして後者は神聖帝国の貴族が治めていた。

そして、このディーゼル伯爵というのが、そのズューデンベルグ伯爵領の統治者であった。ちょっかいをかけてくるとすれば、直接のお隣さんである彼女らである可能性が一番高いと踏んでいたのだが……どうやら、案の定であったようだ。

ちなみに、神聖帝国にはさまざまな獣人が住んでいるか、彼女らは種族ごとに固まって共同体を形成している場合が多い。そしてズューデンベルグ伯爵領もこの例に漏れず、牛獣人の伯爵によって牛獣人の領民たちが治められているのであった。

「それで、対処の方はいかがします？　ディーゼル伯爵の軍備はそれなりに強力ですから、現状の戦力では勝利は難しいかと思われますが」

「田舎伯爵と侮れるような相手ではない、という話だったな」

事前の調査によれば、ズューデンベルグ伯爵領は小麦の名産地なのだという。ディーゼル伯爵は麦を売った金を軍備に投じ、素晴らしい重装騎兵隊を揃えているらしい。積極的に喧嘩を売りたい相手ではないのは確かだった。

「あえて見なかったことにする、というのも手ですが」

「馬鹿を言え。そんなことをして、僕の任期が終わった直後に盗掘の事実が公になったりでもしてみろ、僕は任地内で起きていた重大犯罪を見過ごした大間抜けだったということになってしまうぞ」

左遷された身ではあるが、僕はまだ自身の成り上がりを諦めていないのである。むしろ、この事件を踏み台にするくらいの勢いが必要だ。間違ってもスルーするだなどという選択肢はない。

「ひとつ策がある。ウルに、ダライヤ氏に相談事があると伝えてくれ。大至急彼女と会いたい」

連絡役のウル氏は鳥人だから、ひとっ飛びでエルフの集落に戻ることができる。彼女に頼めば、再度の会談の申し込みも迅速に進むだろう。

「は、はぁ……承知しました」

蛮族風情になんの用だろうか？　ソニアはそんな疑問を覚えているようだったが、大人しく頷いてくれた。

「やれやれ、こうも早く呼び戻されるとは思いませなんだ」

招待に応じ、ダライヤ氏が再びカルレラ市を訪れたのはその翌日のことだった。

昨日の今日でひょいとやってくるあたり、とても一国の代表者とは思えぬ腰の軽さである。あるいは、エルフの集落は思った以上にこの街の近所にあるのかもしれない。

ちなみに、捕虜にしたエルフ兵の尋問によりダライヤ氏が本当に新エルフェニア氏族連合の議長であることは裏付けが取れていた。少なくとも一から十まですべてデタラメのほら吹き幼女なのでは、という懸念は払拭できたわけだ。油断はできないが、少しは信頼しても良いだろう。

「申し訳ありません。少しばかり、ご相談したいことがありまして」

そう弁明してから、僕は彼女にお茶を勧めた。先日と同じく、会談は野点形式となっている。市議会は相変わらずエルフが街へ入ることを認めておらず、しばらくはこのやり方を続けるほかないようだ。

「そういえば、くだんの鉱山についての確認が取れましたよ。確かに我が領内に不逞《ふてい》の輩が入り込んでいるようですね」

型通りの社交辞令とちょっとした雑談を交わした後、僕はなんでもないような顔をして本題を切り出した。

「まあ、そうでしょうな」

対するダライヤ氏は興味なさげな様子で香草茶を啜っている。その隣では、相変わらずウル氏が茶菓子をバクバクと食べていた。どうやら幼女エルフはこの健啖《けんたん》家の部下に菓子をすべて持っていかれることを警戒しているようだ。

「ルーナ鉱山については、すでにそちらへ所有権が移っていると認識しておりますからのぉ。

対処についてはそちらの好きなようにやってもらって構いませんぞ」

ダライヤ氏の声音はどうでも良さげなものだったが、目だけはちらりちらりと油断なくこちらを窺っている。

「ワシとしましては、むしろ謝罪を受け入れてくれるか否かについての方がよほど気になりますのぉ。謝罪は受け取らぬ、お詫びの品は受け取る……では道理が通りませぬから」

「謝罪については、市議会との話し合いの真っ最中でして。もう少しお待ちいただければ幸いです」

「なんともパッとせぬお答えですのぉ」

「まあまあ、そうおっしゃらず」

気弱な笑みで追及を受け流してから、こほんと咳払いをした。

「ところで、ダライヤ殿。ひとつ伺いたいのですが、貴殿のご年齢は二〇歳以上でしょうか？」

「はっ？」

突然の質問に、ダライヤ氏は面食らった様子でこちらに顔を向けた。ソニアやウル氏も同様の表情をしている。僕は笑みの質をイタズラっぽいモノに変えつつ、彼女の返答を待った。

「はあ、まあ、一応超えておりますが。たぶん……」

「ないがたぶんじゃ白々しか。そん五〇倍は生きちょるじゃろうに」

ウル氏がぼそりと呟いた。二〇歳の五〇倍って、最低でも一〇〇〇歳？　嘘だろ、マジモンのロリババアじゃん……。

「ならば結構。我が部隊名物のスペシャルティーをご馳走しよう」

まあいい、成年なら問題なかろう。僕は口調を蓮《はす》っ葉《ぱ》なモノへと切り替え、懐から錫《すず》製の小さな水筒を取り出した。そしてその中身をダライヤ氏のカップに注ぎ入れ、自分のカップにも同じようにした。

「ほう」

興味を惹《ひ》かれた様子のダライヤ氏がカップを手に取り、香りを嗅ぐ。すると、表情がふわりとほころんだ。

水筒の中身は上等のブランデーだ。酒飲みでこいつが嫌いな者はそういない。率先してカップを口に運ぶと、鼻腔に爽やかな果実香と茶葉の香りが広がる。それを見たダライヤ氏は楽しげに笑い、一気に自分の茶を飲み干した。

「どうだ、スペシャルティーは」

「良い、遥かに良い。気に入った」

こちらの変化を察してか、ダライヤ氏も口調を砕けたものに変えた。このロリバアア、なかなかノリが良い。

「盗掘事件の下手人は、隣国のディーゼル伯爵だ」

「ウム、知っとる」

空のカップを差し出しながらダライヤ氏が頷く。従者が香草茶を注ぎ、間髪入れずに僕がブランデーを加えた。

「こいつは辺境の伯爵にしてはなかなかの小金持ちで、しかも領地は小麦の名産地だという話だ。羨ましい話だとは思わないか？　山一つ隔てたこっちは、ライ麦すら育たないような痩せ細った土地だってのにさ」

「同感じゃな。で、それが？」

「金持ちが貧乏人の財布から小銭を盗み取ってるんだ。そんな狡《こす》い真似は許せん。しばき倒して詫びを入れさせる」

「できるのか、オヌシに」

ダライヤ氏はニヤニヤ笑いを浮かべながらスペシャルティーを楽しんでいる。一方、ソニアはハラハラした様子で僕と幼女エルフの顔を交互に見ていた。

「正直なところ、ちょっと厳しい。人手が足らん」

「で？」

「そちらにも手伝いを頼みたい。報酬は山分けでどうだ？」

「ア、アル様！」

ソニアが慌てて口を挟んだ。

「まさか、エルフに協力を要請するつもりですか!?」

その通りだった。僕は、エルフと連合軍を組み隣国を攻撃するつもりでいるのだ。

エルフ軍の強さはすでに身に染みて理解している。あの練度の兵士が一〇〇人ばかりいれば、伯爵様の軍隊が相手でも十分に戦えるはずだ。

それに、この紛争の解決に中央政府の軍隊を投入するのはあまり得策ではないという判断もあった。

王国の正規軍が動けば、神聖帝国側の正規軍も反応せざるを得ないからだ。そうなると、もともと仲の悪い両国だけに大戦争に繋がる恐れがある。そうならないためには、戦争の規模をできるだけコンパクトに収める必要があった。

「小火《ぼや》を大火事に繋げる愚は犯したくない。所詮、田舎伯爵と左遷代官の間に生じたチンケな地域紛争だ。この程度の喧嘩なんか、現地人同士の間で解決できるさ」

たぶん、報告を聞いた中央の人間も同じことを思うだろうな。オレアン公あたりも間違いなく横槍を入れてくるだろう。

そうでなくとも、中央とリースベンはあまりにも離れすぎている。スムーズに援軍が派遣されたところでいつまでたっても到着しないに違いない。……そんな算段を頭の中で思い返し、僕はダライヤ氏の方へと視線を戻した。

正直なところエルフ軍はあまり信用できないが、それはそれとして内憂の蛮族エルフと外患のディーゼル伯爵が潰し合ってくれればこちらとしては一石二鳥だ。もちろん、ダライヤ氏の聡明さを思えばこの程度の策略などお見通しだろうが……。

「返事をお聞かせ願おう。悪い話ではないと思うが？」

「さっきも言ったが、盗掘事件はすでにそちらの問題じゃからのぉ。わざわざ協力してやる義理はないと思うのじゃが？」

「それはどうだろう。盗掘そのものは、所有権の譲渡以前から行われていたんだ。自分たちの鉱山をよそ者が好き勝手に掘り返していたというのは、君たちにとっても愉快ならざる事態だろう。たとえ閉山済みだったとしても、ね」

「ふむ、まあ、そうかもしれぬな。それで？」

「加えて、今回の謝罪の一件だ。二連続で弱腰の姿勢を見せたとなれば、他のエルフたちがダライヤ氏に向ける目も厳しくならざるを得ない。すでに、それなりの突き上げを食らっているのではないかな？」

「安い口説き文句じゃのぉ。もう少し何かないのか」

発言とは裏腹に、ダライヤ氏の顔には楽しげな表情が浮かんでいる。半分ばかり減った彼女のカップに、僕は水筒のブランデーをすべて注ぎ入れた。

もはや、ブランデー入り香草茶ではなく香草茶風味のブランデーといった方が正しそうな濃度になっているに違いない。彼女はそれをいかにもうまそうに口に運ぶ。

「そうだな……さっきも言ったが、ディーゼル伯爵の所領ズューデンベルグは小麦の名産地だ。つまり、奴の蔵には小麦の袋が唸るほど詰め込まれている。守衛を殴り倒せばこれが全品一〇〇パーセントオフの大割引というわけさ。なかなか魅力的なセールだとは思わんかね」

「ふっ、くっくっく」

ダライヤ氏の口元が半月めいてつり上がった。僕が、エルフの弱点を見抜いていることに気づいたのだろう。

リースベンは緑の砂漠めいた土地だ。土壌が悪く、農作物が育たない。その上、魚や獣といった自然の幸すら乏しいときている。だからこそ、リースベンの民は常に粗食を強いられてきた。おそらく、このあたりの事情は同じ土地に暮らすエルフたちも同じであるはずだ。いや、食糧を狙ってたびたび略奪にやってくるあたり、我々よりもひどい状況に陥っている可能性すらあった。

彼女らにとっては、麦は金銀財宝よりも魅力的な戦利品なのではないか？　そんな推察から導き出された僕の提案を、どうやらダライヤ氏は気に入ってくれたらしい。彼女はひどく悪い笑みを浮かべながら口を開く。

「オヌシらの蔵はいつも空っぽじゃからのぉ。押し込み強盗をするなら、貧乏人ではなく富豪の家の方が良いと。オヌシはそう言っておるわけじゃな？」

「いかにも」

「及第点じゃ。良かろう、一口乗ってやる」

そう言って、ダライヤ氏は親しげな態度で僕の肩を叩いた。その目には喜悦《きえつ》が滲んでいる。

「オヌシ、いかにも清廉潔白な正義の士という顔をしているくせに、意外と悪党じゃの？」

「お褒めいただき光栄だ。融通はそれなりに利く方だと自負している」

「確かに、これまでの代官と比べれば遥かに融通は利くのぉ。蛮族風情と轡《くつわ》を並べようというのじゃから、よほどの酔狂じゃ」

肩をすくめ、ダライヤは手を差し出してきた。がっしりとそれを掴み、握手する。

「一時共闘だ。よろしく、ダライヤ」

「背中は任せよ、アルベール」

僕たちは顔を見合わせ、同時に大笑いをした。

「冗談きついね。背中に矢を射かけてくる腹づもりじゃなかろうな？」

「そちらこそ、土壇場で裏切って一石二鳥……などという策を企んでおるのではないかの？」

「ははは」

「くふふ」

こうして、蛮族エルフとの共同戦線が結ばれたのだった。

二巻へつづく

あとがき

初めまして、あるいはこんにちは。戦記ばっかり書いてる系作家の寒天ゼリヰです。

このたびは拙作『貞操逆転世界で真面目な成り上がりを目指して男騎士になった僕がヤリモク女たちに身体を狙われまくる話①』をお手に取っていただき、感謝の念に堪えません。名は体を表すと申しますが、本作はまさにその典型。貞操逆転世界に転生して男騎士になってしまったアル君が、ヤリモク女たちに狙われてめちゃくちゃになってしまう……そんなタイトルそのままの内容となっております。

ですが、もちろんそれだけではありません。アル君が現代知識をもとに作成した新兵器と、それを生かした戦術、そうした戦記要素も本作のもうひとつの柱といえるでしょう。これまで戦記に興味がなかった方にも、ぜひこの機会に戦記モノの良さを味わってもらえれば幸いです。

最後になりますが、お世話になった方々に謝辞を送りたいと思います。担当O様、イラストレーターの田中松太郎先生、そしてなにより、WEB連載の頃から本作を応援してくださった読者の皆さま！　本当にありがとうございます。よろしければ、今後ともごひいきにしていただければ幸いです。

寒天ゼリヰ

MAG Garden NOVELS

貞操逆転世界で真面目な成り上がりを目指して
男騎士になった僕がヤリモク女たちに
身体を狙われまくる話①

発行日　2024年10月25日 初版発行

著者 寒天ゼリヰ　イラスト 田中松太郎

発行人　保坂嘉弘

発行所　株式会社マッグガーデン
〒102-8019 東京都千代田区五番町6-2
ホーマットホライゾンビル5F
編集 TEL：03-3515-3872　FAX：03-3262-5557
営業 TEL：03-3515-3871　FAX：03-3262-3436

印刷所　株式会社広済堂ネクスト

装　幀　藤本侑希（エックスワン）

本書は、「小説家になろう」（https://syosetu.com/）作品に、加筆と修正を入れて書籍化したものです。

ISBN978-4-8000-1508-2 C0093　　Printed in Japan

ファンレター・感想等は弊社編集部書籍課「寒天ゼリヰ先生」係、「田中松太郎先生」係までお送りください。

本作品はフィクションです。実在の人物・団体・事件等には一切関係ありません。